Algún día sabrás quien soy

Amar sin mentiras

Sheina Lee

Diciembre   2020

"El amor sólo descansa cuando muere. Un amor vivo es un amor en conflicto".
Paulo Coelho

<u>Capítulo I</u>

Al igual que cada domingo, la reunión religiosa terminó puntualmente y el Doctor Aníbal León se ubicó junto a su esposa e hijos para dirigirse a recibir la bendición del Pastor. El hombre no era religioso, pero acudía semanalmente a la Iglesia "Hijos de Dios" por la sencilla idea de no ser considerado un "disidente"en el grupo familiar.

-Bastante tengo con los sermones que recibo en casa por mi "mala conducta", como todavía tener que fumarme a este tipo-murmuraba Aníbal enojado caminando lentamente detrás de la extensa fila.

-Resiste. Ya casi nos toca-le apretó una mano su esposa Malena, para darle ánimo.

-Y todavía después me toca ir a casa de sus padres, realmente los domingos se han constituido en una verdadera tortura. Tal vez debería volver a ejercer sábado y domingo como cardiólogo de urgencia, así podría salvarme de este suplicio. Ni siquiera pasar los fines de semana con mis hijos me hace feliz. ¡No sé cuánto tiempo podré seguir así!

-Cambia tu rostro -murmuró Malena antes de arrodillarse a recibir la bendición sacramental. Es tu turno. Recuerda que Pablo es el Sacerdote de mis padres y de casi todos sus conocidos, no deseo quedar mal.

-Hago lo que puedo en esta indeseada circunstancia -masculló el hombre inclinándose delante del pastor.

-Hijo, has pecado-escuchó sorprendido la voz del religioso. Por eso quiero conversar contigo hoy a las veinte. Aníbal fue a rezongar ofendido por el atrevimiento, cuando el hombre bajó la cabeza y le susurró en un oído. *"Estuvimos juntos en Arlequín el martes de tarde, y prometiste que lo repetiríamos.*

Aníbal levantó el rostro y percibió la leve sonrisa del Pastor que suavemente le guiñó un ojo al mismo tiempo que le indicaba al siguiente feligrés que se adelantara.

-Recuerda, te estaré esperando sin falta-musitó como para que su esposa lo escuchara.

-¿Qué te dijo el pastor Pablo?-preguntó Malena preocupada.

- Escuchaste muy bien, necesita hablar conmigo hoy a las veinte.

-Pero hoy cenamos en lo de mis padres, además tenemos que terminar de preparar el viaje a Bariloche. Y papá tenía una importante decisión que comunicarte respecto al Hospital- No comprendo que puede ser tan importante que no puede esperar- exclamó la mujer enojada recordando que su padre era dueño de la Clínica donde su marido era jefe de cardiología.

-Los requerimientos del Señor no admiten demora-respondió sarcástico recordando lo bien que había pasado el martes en el conocido gimnasio masculino. *"Apenas me acuerdo de la cara de este tipo pero sin duda él me ha retenido en forma excelente. De pronto, se hizo la luz en este oscuro domingo".* Los dejaré en la casa de tus padres y regresaré a la Iglesia- agregó sonriendo a sus hijos por el espejo retrovisor del auto.

-Nunca me gustó ese Sacerdote-confesó Malena. Tiene cara de pervertido.

-¿A qué se debe ese brusco cambio? Dijiste que era el preferido de tu familia-ironizó Aníbal.

-Pensé que era diferente, no sé, de pronto, vi algo en sus ojos que me inspiró desconfianza.

-Pues a mí me cae muy bien. Y prepárense a descender, ya casi llegamos-ordenó.

-¿Tú no vienes, pa?-preguntó su hijo Ademar.

-No, querido, tengo que volver a la Iglesia. Pero regreso a buscarlos.

-Por lo menos baja un minuto a saludar-gruñó su esposa.

-No tengo donde estacionar. Deja saludos y te aviso cuando vuelva, así no demoran. Mañana entro muy temprano.

-Hasta luego-lo besó la mujer dando un portazo al descender.

-*"Pobre Malena. Se aferra a un matrimonio que casi no funciona, si nos ponemos a pensar, en realidad nunca marchó. Creo que ella siempre sospechó que le era infiel, pero nunca a imaginó con "quienes"... Seguro, mi apellido y prestigio fueron un imán demasiado importante para pedir el divorcio, o tal vez me ama e imaginó que podría cambiarme, sin saber que era imposible. Sea como sea, soy tan cínico como ella, encontrándome con tipos cada vez que se me presenta la oportunidad. ¿Hasta cuándo podré resistir esta doble vida?* -reflexionó tocando bocina en señal de despedida antes de seguir viaje hacia la parroquia.

Aníbal entró sigilosamente y se sentó en un banco vació a esperar la llegada del Pastor. Casi enseguida, la voz de Pablo llamándolo se hizo sentir en el solitario lugar.

-Señor León, venga por aquí-exclamó ignorando a la única mujer que estaba rezando. Tenemos que hablar con tranquilidad.

Aníbal se levantó disimuladamente y siguió al hombre, que lo guió hacia una entrada ubicada casi detrás del púlpito sacerdotal.

-Sabía que te conocía de algún lado cuando no encontramos en Arlequín, pero no recordaba de donde--susurró el Pastor casi arrancando la ropa de Aníbal

-Nunca me imaginé que venir a la Iglesia fuera tan agradable. Ahora por favor, dame la bendición. Si puedes, con un trago de vino para matizar este encuentro.

-Enseguida, jamás haría esperar a un feligrés-sonrió Pablo llevando al recién llegado a su pequeño dormitorio, sin notar la inquisidora mirada que les enviaba la extraña.

La familia miraba la televisión cuando una aburrida Leonor interrumpió la concentración del grupo.

-Quiero que todo salga perfecto para mi cumple de quince-comentó intempestivamente .Ma, ¿te estás ocupando de eso?

-Por supuesto. He recorrido varios salones, el sábado tal vez podríamos ir juntas para decidir cuál te gusta, o mirar otros si estos no te convencen.

-Excelente. Recuerda que será dentro de seis meses.

-Creí que habías elegido un viaje-comentó Aníbal sorprendido.

-Si alguna vez me escucharas, sabrías que cambié de opinión. Y debo estar bellísima, Alfredito y sus padres estarán presentes.

-¿Quién es Alfredito?-preguntó el hombre.

-El nuevo novio de Leonor. Su padre es el Presidente de la Cámara del libro –comentó su hermano.

-Eres muy joven para tener novio, debes divertirte y, principalmente hacer una carrera – aconsejó Aníbal.

-Nosotros éramos muy jóvenes cuando no conocimos. Y pudiste disfrutar y terminar tu carrera.

-Olvidas comentar que tu papá es uno de los principales accionistas de uno de los más destacados Sanatorios de cardiología de la ciudad. Fue en la reunión que se realizó en el Hospital para recibir las nuevas generaciones justamente donde nos conocimos.

-Jamás podría olvidarlo, apenas te vi, supe que debías ser mío-sonrió. Pero papá jamás te hubiese tomado si no fueses un brillante médico. Nuestra boda e hijos simplemente consolidaron tu posición.

-*"Como para olvidarlo. Nunca sabrás que el embarazo de Leonor salvó nuestro matrimonio, si a esto puede llamarse "salvar". Había decidido marchar con Pedro en el momento que me comunicaste la conmovedora pero terrible noticia. Nunca más volví a enamorarme como aquella vez, ni siquiera Rodrigo con toda su paciencia ha logrado conquistar mi corazón-* susurró recordando al administrativo con el cual hacía meses se acostaba. Aún recuerdo el llanto de mi amado cuando la dije que no podía dejar a mi familia ¡Creí que moriría! Fue todo tan extraño, ¿acaso no sospecharías que estaba por irme?-se preguntó el hombre escuchando sin oír el parloteo de las mujeres.

-Con permiso, estoy cansado-exclamó Aníbal levantándose de la mesa. Y mañana comienzo a las seis.

-Te sigo en un rato-asintió Malena sonriendo.

-Que descansen –bostezó el hombre besando a sus hijos.

Una hora después, Aníbal sintió que la puerta del dormitorio se abría y el conocido perfume de la mujer invadía el lugar. Inmediatamente, apretó los ojos y fingió dormir.

-¿Estás despierto?-susurró esta desnudándose antes de meterse en el lecho. ¡Ani, amor mío!-apretó su desnudo cuerpo al de su marido que estaba volteado hacia un costado. Cansada de insistir, Malena se acomodó para el lado contrario, hasta que quedó dormida.

-Malena no se merece lo que le estoy haciendo Es demasiado joven y bella para vivir con un tipo como yo. ¡Si tan solo me animara a hablar! Es claro que Daniel la ama como siempre, pero ella tuvo la mala suerte de elegirme a mí! –deliberó recordando a su amigo de toda la vida. Mañana tengo mi cita semanal con la psicóloga, insistiré el tema –susurró intentando pegar los ojos.

"Hay que saber que no existe país sobre la tierra donde el amor no haya convertido a los amantes en poetas."

Voltaire

Capítulo II

Como todos los jueves, Aníbal se sentó frente a la Doctora Leticia Zeballos… su psicoterapeuta por más de dos años y se preparó para lo que venía.

-¿Cómo ha sido tu semana?-preguntó la mujer notando que su paciente estaba más cabizbajo que de costumbre.

-Ha sido terrible. Intenté controlarme, pero el Pastor de la Iglesia me reconoció de un boliche gay y…tuvimos una relación esporádica.

-Yo no hablaría de "relación", más bien diría que es un revolcón momentáneo ¿o has pensado en establecer algún tipo de vínculo afectivo con ese hombre?

-No… Es el Sacerdote de la familia, sería terrible. Además, ocupa un cargo importante en una Institución que no acepta la homosexualidad.

-Entiendo, ¿y qué pasa con aquel joven con el cual salías, Rodrigo, creo que era su nombre? Hace tiempo que no lo nombras.

-Nos vemos cada tanto, es un "amigo con derechos", a veces nos acostamos, o viene a casa y escuchamos música, otras tantas come con la familia. Es una gran persona y en casa lo aprecian mucho. Claro, si imaginaran lo que hay entre nosotros lo correrían a patadas.

-Seguramente te ama y espera que te quedes con él, ¿nunca lo pensaste? No creo que actué de esa forma porque le gusta ver a tu esposa. Me atrevería a sugerir que te quiere muchísimo...-argumentó la Doctora.

-¡Eso es una tontería! Él es feliz de esta manera, jamás exigió otra cosa-afirmó Aníbal rotundamente.

-Quizá tenga miedo a perderte. Creo que deberías tener una conversación seria con ese joven para aclarar las cosas.

-No creo que sea necesario -insistió Aníbal. Pero volviendo al tema que nos compete, ya no deseo engañar a mi esposa e hijos, los quiero demasiado para que sufran por mí. No son felices conmigo.

-Este joven, Rodrigo, es una parte muy importante en tu vida, ¿o acaso no puedes verlo?

- Quizá tengas razón, en cuanto lo vea hablaré con él.

-Me gustaría que lo hagas convencido, no porque yo lo sugiero-agregó la Doctora.

-De acuerdo, reflexionaré sobre el punto.

-Buena decisión. Malena debe sospechar que algo pasa en tu vida, pero no debe imaginara que es realmente. Y tus hijos, deben estar mal al ver padecer a su madre, porque seguramente, esa mujer está sufriendo. Aunque no lo demuestre directamente. ¿Has pensado todo el daño que haces por no enfrentarte a la verdad? Hasta llevas a uno de tus amantes a comer a tu casa…

-Lo sé-sollozó el hombre. ¿Pero qué debo hacer? Tengo miedo, vergüenza... ¿qué dirá la gente si sabe que soy Gay?

-Quedará sorprendida, algunos te aceptarán y otros te rechazarán. Pero debes averiguarlo por ti mismo. Eres mi paciente y deseo verte dichoso, satisfecho de la vida. Pero jamás lo lograrás si no sales a la luz. Eres, Gay, Aníbal, y nada ni nadie cambiará eso.

-¿Me estás diciendo que el Doctor Aníbal León debe gritar al mundo que le gustan los hombres?

-Jamás haría algo así. Solo estoy aconsejando a mi querido paciente Aníbal que sea feliz. Él sabrá cómo.

-Cómo te dije, pensaré tus palabras-asintió el hombre mirando el reloj. Y ya debo irme, tengo consulta en media hora.

-Perfecto. Una última pregunta, ¿alguna vez tuviste novedades sobre la vida de aquel hombre por el cual estuviste a punto de abandonar tu casa?

-Te refieres a Pedro. Hace unos años le escribí un mail para ver que era de su vida. En respuesta me envió una foto con un hombre y una niña, que por la cercanía afectiva parecían ser su esposo e hija. Se veía muy contento, así que tomé su respuesta como una despedida.

-Estuviste muy certero. Ahora debes pensar que deseas para ti, si pasar el resto de tu existencia en la oscuridad, o disfrutar la libertad de ser visible. Esa será tu tarea para la próxima semana.

- Una de las más difíciles que me has mandado desde que vengo a tu consulta. Hasta el jueves, Doctora.

-Que te vaya muy bien. Y puedes llamarme si necesitas apoyo. –se despidió la mujer sonriendo al siguiente paciente que ya se encontraba en la sala de espera.

Aníbal entró al sanatorio donde se despeñaba como cardiólogo y casi enseguida se cruzó con Rodrigo. El joven había sido administrativo del sitio los últimos cinco años, y amante de Aníbal desde los dos anteriores.

-"*Es un gran muchacho* –deliberó el médico contemplándolo atender amablemente a la personas que se acercaban a consultarlo. *Y la realidad es que no lo amo, lo utilizo sencillamente cuando estoy caliente y no tengo a nadie en vista. Lo mejor será hablar con él y terminar esta relación que no lleva a ningún sitio* -susurró sin escuchar los pasos de Juan Carlos Maceratino, el dueño del hospital y padre de su esposa.

-Te veo muy distraído mirando al joven de la administración-comentó irónicamente. Lo he visto varias veces en tu casa, supongo que se ha transformado en amigo de la familia.

-Rodrigo se ha convertido en una persona especial para todos nosotros-asintió Aníbal.

-Y muy valioso para este Hospital. Por eso he resuelto ascenderlo y enviarlo a nuestra nueva sucursal en Artigas. Será un excelente jefe de personal.

-¿Tan lejos?-preguntó Aníbal asombrado. Dijiste que es indispensable para el Sanatorio.

 -Por eso, no deseo perderlo .Es en el único sitio donde había una vacante. Y pienso que será lo mejor para los tres.

-No comprendo a que te refieres-susurró Aníbal con un hilo de voz.

-Has entendido perfectamente: Mi hija, tú y él. ¿O crees que soy tonto? Reconocí hacia donde apuntaban tus *"inclinaciones sexuales"* al tiempo de conocerte, pero mi hija te amaba tanto que decidí no inmiscuirme. Pensé que esa "costumbre" se te pasaría con el tiempo. Pero no fue así. Luego nacieron los niños, e imaginé que finalmente tu locura desaparecería. Me equivoqué otra vez-suspiró el hombre agotado.

-He intentado cambiar mi conducta una y otra vez, pero no puedo. Tal vez lo mejor será hablar con tu hija y confesarle la verdad, ella puede reconstruir su vida con otra persona.

-Te lo prohíbo-rugió el hombre. No permitiré que deshonres mi apellido ni hagas sufrir a Malena .Puedes seguir con tus asuntos a escondidas, pero no dejaré que esas aberraciones enloden a mi familia. Recuérdalo bien.

-¿Y porque trasfieres entonces a Rodrigo? Somos muy discretos en nuestros "asuntos"

-Su relación ha comenzado a sonar por el hospital, y es mejor cortar de raíz, sugiero que vayas a despedirte. Acaba de enterarse de su traslado e imagino que deseará decir adiós a su amante.

-Eres cruel, Maceratino.

-¿Lo crees en verdad? Pude haberlo echado a la calle como un perro, y preferí darle un ascenso. ¡Es el amante de mi yerno! Así que ahora ve y compórtate como un hombre, por lo menos una vez en tu vida. ¿O deseas quedarte sin empleo y recomendaciones? Contigo pan y cebollas no es una buena receta en el siglo XXI.

-No sé si tendré valor para mirarlo a los ojos y decirle adiós.

-Podrás-sonrió el hombre golpeándole la espalda. Y no olvides que en una semana nos vamos a Bariloche. Trata de no amargar el paseo a mi hija y nietos. Ah, no olvides ser cauteloso, un pajarito me contó lo ocurrido en la Parroquia el domingo pasado-añadió marchándose sin esperar respuesta.

-Ese hombre me tiene totalmente dominado, debo independizarme o seré su esclavo el resto de mi vida. Quizá sea el momento de abrir mi propia clínica y mandarlo a la mierda-pensó dirigiéndose hacia Rodrigo para invitarlo a almorzar por última vez.

-Hola-saludó el joven con timidez.

-*"Es tan dulce, ¿Por qué no puedo amarlo e irme con él?*-reflexionó Aníbal internamente. Necesito hablar contigo, pensaba que podríamos comer juntos.

-Se de lo que deseas hablar, y si me lo pides no iré al interior... Podría encontrar otro empleo, y vivir juntos. Tú familia terminaría comprendiendo.

-Rodrigo, yo…No puedo arriesgarme, Juan Carlos sospecha lo nuestro y me despedirá. Ya no soy un chico al que le llueven las oferta laborales -silabeó entrecortándose.

- ¿Qué dices? ¡Eres joven, y un excelente profesional! Se pelearían pero contratarte.

-Gracias. Pero no puedo arriesgarme-afirmó Aníbal.

-Comprendo –añadió el joven bajando la cabeza. Solo fui un pasatiempo para ti, el "chico "que siempre está cuando no hay nadie mejor.

-¡No digas eso! Sabes que intenté amarte, pero no pude. Eres joven, apuesto...encontrarás quien te valore como mereces.

-No necesito a otra persona, te amo, Aníbal.

-*"La Doctora tenía razón. Fui un egoísta, es hora de que lo deje volar. Y comience a pesar que quiero hacer a partir de ahora.*

-Te espero en el Hotel Ritz a las catorce, una última vez, como despedida-aprovechó Rodrigo creyendo que su amante se había conmovido al escuchar su súplica.

-¿Con que fin? Ese encuentro solo agregará más sufrimiento a un adiós que no tiene vuelta-acotó este destruyendo definitivamente las ilusiones del joven.

-Por favor…déjame llevar tu aroma en mi piel como un homenaje a los sentimientos que nos tuvimos, o por lo menos que yo tuve.

-Si te hace bien, nos encontraremos a la hora señalada -asintió el Doctor conmovido. Ahora debo seguir trabajando.

-Gracias .Y hasta luego-sonrió este con melancolía.

-Rodrigo…perdona la mentira, pero no soportaría escuchar tu ruego-ni un minuto más-susurró Aníbal marchándose hacia su despacho. ¡Mereces encontrar el amor que parece estar vedado para mí!-vociferó golpeando la puerta con un puño.

Catorce y cuarenta y cinco, Rodrigo miró por última vez el reloj y compendio que su amante ya no vendría.

-Son casi las quince, mejor voy-susurró comenzando a despedirse de la habitación donde tantas veces había sido feliz junto a su amante.

A las nueve de la noche, Aníbal entró a su casa y tal como era su costumbre colgó a la gabardina en la percha del living.

-¿Dónde está mamá?-pregunto a su hija que se encontraba mirando revistas de moda para elegir su vestido de quince.

-En la cocina preparando la cena-respondió sin levantar la vista del papel.

-¿Y Ademar?-exclamó buscando a su hijo mayor.

-En un partido de básquet con sus tontos amigotes...

-Bien-asintió dirigiéndose a la cocina.

-Aníbal. Tengo una noticia alegre y triste a la vez. Rodrigo fue ascendido y va para Artigas. Ya no vendrá más por aquí –exclamó la mujer apenas verlo.

-Me enteré en el Hospital, ¿te lo comentó tu padre?

-No. Llamó el mismo Rodrigo para despedirse, no parecía muy contento.

-¿Dijo algo más?-preguntó Aníbal manifestando indiferencia.

-Dejó saludos para todos. Lo invité a que viniera a cenar como despedida y no aceptó. Su negativa fue muy extraña.

-Vaya a saber, no querrá entristecerse más. ¿Cuánto falta para cenar?-preguntó el hombre cambiando el engorroso tema.

-Cerca de una hora, tuve reuniones en Los Leones y me demoré. ¡Vamos a extrañarlo!, estábamos acostumbrados a su presencia. ¿No lo crees?-sollozó desconsolada.

-Puede ser –acotó haciéndose el distraído .Aprovecharé a darme un baño e iré hasta la Iglesia, tengo que devolver unos libros al Pastor Pablo.

-¿No te entraste? Pablo fue trasladado al exterior, creo que a una Iglesia de Misiones, Argentina. El martes le llegó la orden y tuvo que partir de inmediato. Pero yo puedo llevar esos libros y entregarlos al Padre Román. Es un viejito muy amable. Debe tener más de ochenta pero un espíritu de veinte-añadió la mujer.

-No será necesario. Pasaré en la semana así de paso lo conozco. Con permiso, avísame cuando se encuentre pronta la comida -avisó Aníbal conteniendo su frustración.

-Como prefieras -asintió Malena.

-Maldito Juan Carlos, seguro es obra tuya. Te has empeñado en sacarme los principales afectos de mi vida. Y lo peor, tienes razón, ¿Quién no lucharía por la felicidad de sus hijos?- gimió mientras se metía en la tibia ducha.

"Cuando el amor es feliz lleva al alma a la dulzura y a la bondad".
Víctor Hugo

.

<u>Capítulo III</u>

El día de la partida a Bariloche llegó. La familia se reunió en el aeropuerto horas antes para almorzar juntos y remarcar el itinerario elegido. Estaban en marzo, por lo que el frio todavía no sería tan acuciante y la nieve no les impediría recorrer el circuito deseado.

-La vendedora de la Agencia me dijo que el clima seria espectacular en esta fecha. Esperemos tenga razón-comentó Juan Carlos.

-Seguramente así será –señaló su esposa convencida .Hemos viajado por esa Agencia varias veces y siempre han sido excursiones espectaculares.

-Te encuentras muy callado-se dirigió Malena a Aníbal que no dejaba de jugar distraídamente con una servilleta.

-Creo que todavía no he asumido que estoy de vacaciones, además tengo un poco de temor a viajar en avión. Ya se me pasará –sonrió contemplando a un grupo de jóvenes sacándose fotos. *"Qué envidia, son tan felices, en cambio para mí estos días serán interminables"*

-Creo que será mejor pagar e irnos acercando al mostrador. Pronto llamarán a los pasajeros de nuestro vuelo-refunfuñó Juan Carlos.

-Sí, apúrensenos-exclamó Leonor levantándose de su silla para seguir a su abuelo.

Aníbal estaba ojeando un Diario en un quiosco de revistas, cuando escuchó una simpática voz que parecía dirigirse a él.

-Disculpe, Señor, ¿nos sacaría una foto a todo el grupo?-preguntó un alegre muchacho señalando a lo que parecía ser un conjunto de estudiantes que revoloteaba por el aeropuerto.

-Por supuesto-asintió inquieto ante esos ojos grises que no dejaban de observarlo.

-Tome mi celular. Mi nombre es Darío Miele – sugirió haciendo temblar a Aníbal al rozar fugazmente sus palmas.

- Aníbal León. ¿Son compañeros de clase?-preguntó el médico al mismo tiempo que tomaba varias fotos.

-Algo así .Viajamos por Aerolíneas Argentinas una semana a Bariloche y zonas cercanas.

-Vamos para el mismo lugar -señaló a su familia para que el chico viera que no estaba solo. Aquí te devuelvo tu teléfono, fíjate a ver si las fotos te gustan.

-Gracias-gritaron los otros muchachos haciendo graciosos gestos hacia el sitio en el cual se encontraba Aníbal.

-Quizá coincidamos en algún sitio –sugirió Darío mostrando su perfecta sonrisa.

-Todo es posible-tartamudeó el médico sintiendo que no quería apartarse del muchacho.

-Ani, vamos, ¡han comenzado a llamar!-gritó Malena.

-Con permiso, debo irme -asintió el hombre levantando los hombros.

-Hasta pronto-se despidió Darío dirigiéndose hacia donde lo esperaban sus amigos.

Aníbal estaba acomodándose en su asiento de clase A, cuando presintió que alguien lo observaba. Al sentirse descubierto, Darío enrojeció y casi huyó a su lugar en clase turística.

-Espero te comportes-escuchó la ronca voz de su suegro.

-No comprendo a que te refiere-respondió el médico fingiendo indignación.

-Ya te dije que no me trates como si fuera idiota. Vi cómo le sonreíste a ese chico del aeropuerto.

-¿Acaso piensas controlarme toda la excursión?-lo enfrentó Aníbal.

-Haré todo lo necesario para proteger a mi hija. No lo olvides.

-Me parece que Malena ya es bastante grande para poder defenderse sola-lo desafío Aníbal.

-Te ama, y cuando uno está enamorado pierde la cordura. Con permiso, creo que me equivoqué de asiento. Voy dos lugares atrás-se marchó Juan Carlos dejando a su yerno con la palabra en la boca.

-¡Ridículo!-susurró este poniéndose los auriculares para distraerse durante el viaje.

Aníbal disfrutó los primeros días del paseo más se lo que había pensado. Distendido completamente, compartió la alegría de sus hijos dejando atrás sus peores pesadillas. Malena lo contemplaba silenciosamente cada vez que este no la veía, como si comprendiese que algo especial ocurría en la vida de su marido.

-Mañana iremos a recorrer los lagos y un cerro, y nos quedaremos en una posada entre los bosques-comentó esta risueña tratando de lograr la atención de su esposo.

-Yo no iré –afirmó Aníbal contundente. Aprovecharé a descansar y a visitar una librería que vi por el centro. Tal vez haya algún texto interesante.

-¿Venir a un centro de vacaciones para comprar libros?-comentó la mujer levantando una ceja.

-Querida mía, cada uno se entretiene como quiere.

-Si prefieres me quedo y te acompaño. Tal vez sería interesante pasar un día los dos solos.

-No-respondió el hombre demasiado de prisa para el gusto de su esposa. Puedo pasar todo un día mirando textos, sabes como soy.

-Como desees-añadió la mujer comprendiendo que Aníbal no quería su compañía. Nos llama le guía, voy a ver qué sucede.

-Iré a buscar a los chicos y te sigo- sonrió Aníbal complaciente.

Al otro día, y tal como había informado, el médico no participó de la excursión, aprovechando a quedarse en cama hasta cerca de las nueve. Sin apuro, se asomó a la ventana y suspiró dichoso al ver la majestuosidad de los cerros. Hacía una hora que el colectivo en que viajaba su familia había partido, y no lograba disimular la ansiedad de poder salir sin tener que rendir cuentas a nadie.

-Dos días para mí solo, haciendo lo que desee, sin Malena o sus padres hostigándome. Creo que me hará bien para alejarme de mis pensamientos, y quizá, clarificar definitivamente que deseo hacer en el futuro-caviló Aníbal preparándose para desayunar.

El comedor estaba casi desierto a esa hora, ya que la mayoría de los turistas habían partido hacia sus respectivos paseos. Únicamente quedaban en el lugar viajeros que recién llegaban o personas solitarias como él, aburridas de tanto movimiento.

-En cuanto finalice mi desayuno, caminaré un poco por la ciudad y luego visitaré la librería-comentó sorbiendo el último trago de su café. Estaba entretenido revisando varias novelas médica-temas que le fascinaba-cuando le pareció escuchar la conocida voz de Darío.

-¿Acaso existen los milagros?-comentó la cantarina voz.

--*"No puede ser"*-reflexionó dándose vuelta temiendo que todo fuera producto de su imaginación. ¿Darío?-titubeó. Nunca hubiera imaginado encontrarte aquí.

-Mis amigos se fueron a una excursión todo el día y quiero aprovechar a recorrer los alrededores. No soy un gran lector, pero me llamó la atención este antiguo edificio.

-Estamos en una situación parecida. Mi familia se fue a los cerros hasta mañana y yo no tuve ganas de acompañarlos. Debo confesar que extraño un poco el ruido de la ciudad –carcajeó seguido por el joven.

-También yo, y si bien me divierto con los chicos, a veces requiero un poco de soledad para pensar en paz-añadió arreglándose el sombrero de lana que cubría casi toda su cabeza. No te molesto más, prosigue con tus cosas.

-Espera. Quizá podríamos continuar juntos el paseo-arriesgó Aníbal deseando escuchar un "si" por respuesta.

-Me encanta esa idea, pero no me gustaría interrumpir "tu aventura".

-Sería un verdadero placer si aceptaras, en realidad, ya estaba pensando irme-insistió el hombre.

-Entonces te acompaño a la caja y nos vamos. Así aprovechamos el día.

-Estupendo- asintió Aníbal comprendiendo que su humor había mejorado repentinamente. Por primera vez en años se sentía libre, y especialmente feliz.

Darío resultó ser un gran parlanchín, y cada vez que hablaba lograba sacar una sincera sonrisa a su acompañante.

-¡Cuánto hacia que no era tan dichoso! Y todo por este joven al cual casi le doblo la edad ¡!!- pensaba una y otra vez mientras caminaban por la costanera al pie del Centro Cívico.

-Apóyate en las letras que indican el nombre de la ciudad y te sacaré una foto con el lago Nahuel de fondo-sonrió Darío de pronto. Será un lindo recuerdo.

-Propongo otra cosa —respondió el médico. Aguardaremos que alguien pase por aquí y le pediremos que nos saque a los dos juntos ¿Qué te parece?

-Genial, pero, ¿no podría comprometerte con tu familia?

-Quédate tranquilo, será nuestro secreto Y si se enteran ¿Qué importa una foto con un querido amigo?-asintió sintiendo que una fuerza inusitada renacía en su corazón. Dale mi celular que tiene una excelente cámara, luego yo te las paso.

-¡Perfecto-exclamó Darío con entusiasmo juvenil haciendo señas a un hombre sentado en un cercano banco. ¿Nos sacaría unas fotos?

-Con gusto –dijo el extraño acercándose.

-Esta situación me parece conocida-comentó Aníbal haciendo alusión a la forma de conocerse en el aeropuerto.

-De ningún modo puedes compararte a ese tipo sin pelo-balbuceó Darío con naturalidad.

-Jajajajajajaja-carcajéo el médico sin poder contenerse al escuchar el gracioso comentario.

 Luego de varias fotografías, Darío tomó la mano de su compañero y la apretó como si no quisiera dejarlo ir.

-Lo siento –exclamó enrojeciendo al darse cuenta lo que estaba sucediendo .No debí hacerlo, podría pasar algún conocido y vernos.

-Sería como encontrar una aguja en un pajar –
comentó Aníbal apretando con fuerza la palma
del joven.

-Sí, pero...

- Deja de preocuparte. ¡Pensar que un chico
como tú me ha hecho reconciliar con la vida es
algo increíble!

-No tan joven, tengo treinta y dos años.

-Pareces menor-comentó Aníbal observando el
juvenil rostro de Darío.

-Si quieres te muestro la cédula-acotó este.

-No es necesario, creí que me habías dicho que
venias con un grupo de estudiantes.

-Así es, pero como acompañante. Mi media
hermana terminó el cole y me pidió que vinera
con ella en el viaje de fin de año. Resulta que no
llegan al número de adultos requeridos, y caí yo.
Pero jamás imaginé que este paseo   terminaría
tan bien.

-Tuviste buena idea en decirme tu edad. Así no
me siento un come niños-suspiró Aníbal.

-Y tengo otra mejor idea, si estás solo todo la
noche, tal vez pueda quedarte conmigo.

Asombrado por la inesperada desfachatez de su compañero Aníbal vaciló por unos segundos; hasta que ignorando su conciencia, decidió aceptar.

-Me parece una estupenda propuesta, si deseas primero cenamos y luego nos quedamos en mi hotel. Imagino que tú estás con varios compañeros en la misma habitación.

-Así es- confesó.

-Bien .Estoy en el piso nueve de "Snow Hotel". Dejaré una buena propina al conserje y le diré que olvide tu presencia.

-¿Crees que aceptará?-preguntó el ilusionado joven.

-Si no lo hace pasaremos al plan B.

-¿Cuál es ese?-preguntó Darío.

-Entramos separados. Hay muchos turistas, no prestarán atención.

-De acuerdo-carcajeó el joven.

Aníbal entró al "Snow Hotel" y tras hablar con el administrador de la noche, hizo un gesto a Darío que estaba sentado en el Lobby aparentando mirar la tele. Inmediatamente, el joven se dirigió hacia el sitio en que este lo esperaba.

-No costó mucho convencerlo, seguramente está acostumbrado a estas situaciones-comentó Aníbal observando al empleado que fingía no verlos entrar. Incluso quedó en avisarme mañana cuando llegara la excursión. Su arribo está pensado a las once, pero a veces se adelanta o atrasa.

-Servicio completo-sonrió Darío.

-Eso parece -admitió el médico mientras esperaban que la puerta del ascensor se abriera en el piso del médico.

Darío silbó de admiración en el elegante dormitorio y casi enseguida se tiró en uno de los cómodos sillones que lucía el lugar.

-Reservaré uno así si tengo que volver a viajar de acompañante .Ya no estoy para dormir con niños.

-Pues hoy dormirás con un hombre-susurró Aníbal desprendiendo delicadamente la campera del joven

–Me gusta eso -asintió Darío entregándose sin oponer resistencia a los audaces toques de su acompañante.

Luego de hacer varias veces el amor con su inesperado amante, el médico comprendió que ya nunca sería el mismo. El joven le gustaba más de lo que había pensado, y si este sentía de igual forma, estaba decidido a continuar esa relación para ver hacia donde conducía.

-¿Qué piensas?-pregunto Darío al observar a su nuevo amante mirándolo recostado al enorme ventanal de la habitación.

-En lo maravilloso que eres, y cuanto me gustaría volver a verte en cuanto volvamos a casa. Sé que soy casado, pero resolveré esta situación lo antes posible. Hace tiempo que lo estoy pensando, pero necesitaba un estímulo para decidirme –aclaró Aníbal temiendo que el joven lo rechazara por este motivo.

-¿Debo pensar que ese estímulo soy yo?-sonrió con picardía.

-Exactamente-afirmó el hombre.

-Me encantaría .Déjame tu número y te llamaré en cuanto regresemos-respondió sin hacer comentarios sobre el matrimonio del hombre.

-Perfecto. Y tú dame el tuyo, además recuerda que debo pasarte las fotos-recordó Aníbal. Si me indicas en donde vives, te visitaré.

-Por ahora vivo con mi padre y su nueva familia, pero me mudaré muy pronto. Estoy buscando un empleo mejor, trabajo en una estación de servicio pero no me gusta el sueldo, así que pronto renunciaré.

-Pensé que tu familia era de dinero, no es que me importe, pero digo por el viaje de tu hermana-explicó rápidamente el hombre.

-La estación es nuestra, o más bien de mi padre. Digamos que me mandé varias "macanas" cuando era chiquilín y papá quiere que empiece de abajo, incluso no quería que viajara con mi hermana. Pero ella se empeñó en que debía ser yo.

- Y sin imaginarlo, tu hermana se convirtió en nuestro Cupido. ¿No tienes ninguna carrera finalizada?-preguntó Aníbal con curiosidad.

-A duras penas terminé el bachillerato así que mis posibilidades laborales son pocas.

-Una pena, tal vez deberías reconsiderar la posibilidad

-Sí, hare administración. Papá prometió olvidar el pasado y ponerme en la dirección de una de sus estaciones si lo logro. Tiene cinco-indicó cómicamente el joven.

-jjajajajajaja. ¡Me encanta tu buen humor!

-¿Y tú comentaste que eras médico, verdad?

-Así es, soy cardiólogo-afirmó sin agregar más nada.

-Ironías de la vida, mi madre murió del corazón cuando yo tenía quince años.

-Lamento escuchar eso-añadió Aníbal.

-Dejemos los temas tristes, y vuelve a la cama. Yo seré el que sufra un ataque al corazón si no hacemos otra vez el amor antes de que termine la noche.

- Allí voy-respondió dichoso de ver el deseo en
los ojos del joven.
El sol brillaba con todas su fuerzas cuando el
teléfono del Hotel comenzó a sonar
 -Hola- atendió Aníbal entre bostezos.
-La excursión está llegando.
-Gracias-asintió mirando para todos lados hasta
comprender que Darío se había ido. Espero no
olvide su promesa de llamarme, al fin olvidó
darme su número de teléfono-suspiró resignado.
Estaba poniéndose sus zapatillas para ir al
baño, cuando notó que en la izquierda tenía algo
duro.
-¿Qué es esto?-metió la mano sacando una
bolita de papel.
*-Me voy a casa mañana temprano, aquí tienes
mi número. Presiento que esto no termina aquí.
Me gustó mucho lo que vivimos.*

-Lo mismo digo, cariño-sonrió escuchando el ascensor que se abría y los gritos de sus hijos invadían el corredor. Sin demora, guardó el papel en su bolsillo y sonrió satisfecho. En cuanto llegara a casa, hablaría con su esposa. Su ruego había sido escuchado y tenía un aliciente para salir del closet. Esta vez, nada podría detenerlo.

"Hay amores tan bellos que justifican todas las locuras que hacen cometer". Plutarco

<u>Capitulo IV</u>

Una semana más tarde, Darío había desaparecido y su teléfono daba como fuera de línea.

-Debí imaginar que era solo una diversión para él, ¿por qué motivo un muchacho soltero y liberal querría mantener una relación con un hombre mayor y con una familia cargo? ¡Fui un tonto al pensar lo contrario! Y todavía, cada vez que quiero hablar con Malena sobre nuestro matrimonio ella aduce que se siente mal, que más tarde. Nada está saliendo como pensé –se lamentó el hombre mientras se dirigía a su casa luego de terminar otra jornada laboral.

-¡Papa, papá-exclamó Leonor apenas entró. Ven a ver las fotos del sitio que elegimos para realizar mi cumpleaños. Te encantará.

-No lo dudo-sonrió el hombre sacándose su chaqueta dispuesto a atender a la joven.

-El abuelo dijo que no te preocupes por el costo, será su regalo de cumpleaños.

-Dile que no es necesario. Puedo pagar la fiesta de mi única hija-respondió de mala manera al escuchar el nombre de su suegro.

-Papá intenta ser amable-apareció su esposa al escuchar la magnitud de la conversación. Sería un desprecio.

-Lamento si lo toma de esa manera. Hija, como alguna cosa y te sigo con mucho gusto. Será un minuto-acotó volviendo su atención a Leonor.

-Te espero en mi cuarto-susurró haciéndole un gesto de enojo a su madre.

-¿Por qué haces esto?-preguntó la mujer siguiéndolo a la cocina

-¿A qué te refieres?-gruñó Aníbal.

-Te empeñas en desprestigiar a papá-insistió Malena.

-Eso no es verdad, solo intento disminuir la influencia que tiene en esta familia.

-Esa influencia no parecía importante cuando te ofreció el cargo en el Hospital porque no tenías donde caerte muerto.

-Sabes que provengo de un hogar de trabajadores, y que terminé mi carrera en base a becas. Mis pobres padres se esforzaron mucho para que pudiera estudiar-comentó Aníbal refiriéndose a sus progenitores fallecidos años atrás. Como tú dijiste alguna vez, soy bueno en lo que hago, creo que durante todo este tiempo quedó demostrado. Si sabía que mi propia esposa me iba a cuestionar por un puesto que me gané con creces, jamás habría aceptado.

-Lo siento, no quise decir eso-intentó detenerlo la mujer.

-Pero lo hiciste. Y eso me recuerda que nos debemos una plática para la que nunca pareces dispuesta.

-He estado muy ocupada con la fiesta de tu hija-se excusó Malena.

-Pues queda pendiente. Con permiso, ahora quedé en ver a Leonor -se retiró el hombre sintiendo un vacío cada vez más grande en su vida.

El salón "Cristal "se hallaba maravillosamente decorado la noche en que Leonor cumplía quince años. Ataviada con vestido de encaje blanco y perlas de cultivo regalo de sus abuelos, la joven parecía una verdadera princesa.

Apenas comenzó a sonar el vals de los quince, Aníbal tomó las enguantadas manos de su hija e inauguró el baile, intentado ocultar los celos que tenía al percibir la mirada de admiración que esta despertaba en los jóvenes presentes.

-Pero ella solo tiene ojos para Alberto Cardozo y él para ella. Todavía son muy jovencitos pero debo reconocer que es un muchacho muy educado y de buena familia. Veremos cómo sigue la historia-reflexionaba el hombre tratando de no perder el ritmo.

-¿Pensativo otra vez, papá?

-Nostálgico. Parece que fue ayer que te cambiaba los pañales.

-Ja Ja ¡No lo recuerdo! —sonrió la joven separándose de Aníbal para ir con su abuelo que la estaba reclamando.

-Felicitaciones, Leonor está bellísima-escuchó
flotar una suave voz a sus espaldas.

-Rodrigo, ¡me alegra que hayas podido venir!-
exclamó Aníbal abrazando a su antiguo amante.
Estás muy elegante, el nuevo empleo te ha
sentado bien.

-Gracias, lo mismo para ti .Y por cierto, es una
fiesta espectacular. ¡Es impresionante la
cantidad de personas que han venido!

- Muchos compromisos. Amigos de Leonor,
familiares y todo el turno nocturno del Hospital.

-Sí, me pareció ver caras conocidas -acotó
Rodrigo contemplando a los presentes.

-¿Cómo has estado?-susurró Aníbal cambiando
de tema.

-Debo reconocer que los primeros días fueron
difíciles, te extrañé mucho, pero tuve que
continuar.

Aníbal fue a responder, cuando un agraciado
joven se acercó a Rodrigo.

-Buenas noches. Hermosa fiesta, Doctor León-
comentó el recién llegado.

-Gracias –respondió intentando recordar el nombre de su invitado.

 -Soy Arturo Flem, enfermero del CTI en el turno nocturno- acotó este al distinguir la confusión del anfitrión.

-Perdona, es que con tanta gente, estoy mareado-se disculpó Aníbal.

-Comprensible-sonrió. ¿Quisieras bailar conmigo?-preguntó cortésmente a Rodrigo que se había mantenido silencioso escuchando la conversación.

-Si te atreves-afirmó este sorprendido por la invitación.

-¿Por qué no? ¿Acaso hay alguna ley que lo impida?

- Me refería a que no soy muy buen bailarín.

-Yo tampoco, pero es una excusa para conversar-asintió el hombre sin dejar de sonreír. Te fuiste del Hospital a los pocos días que yo ingresé, así que no tuve tiempo de presentarme como hubiera querido. Una suerte encontrarte aquí.

-Te sigo-carcajeó Rodrigo tomando la mano que su inesperado galán le ofrecía.

-Diviértanse. ¿Por qué para algunas personas es tan fácil? ¿O quizá sencillamente se arman de valor y van tras lo que quieren?-suspiró Aníbal sintiendo que el recuerdo de Darío invadía su corazón como tantas veces en los últimos tiempos.

Había comenzado a recorrer el salón para saludar a los invitados cuando le pareció que a lo lejos un hombre levantaba una copa sonriéndole.

-Debo tener alucinaciones, pero aquel joven se parece a ¿Darío?-titubeó al ver que el muchacho caminaba hacia él.

-Hola, Aníbal-saludo tímidamente. ¿Cómo estás?

-Sin palabras y asombrado de encontrarte justo aquí -respondió contemplando ligeramente a su antiguo amante, que parecía mucho más delgado y ojeroso desde el momento en que se habían visto por primera vez.

-Debo confesar que hice trampa. Resultó que mi hermana Marité va al mismo colegio que tu hija y casualmente también forman parte de la misma barra. Al leer la tarjeta de la invitación reconocí tu apellido e hice las investigaciones pertinentes. Logré que Leonor me invitara con la excusa de que esta no viniera sola.

 -Me cansé de esperar que me llamaras e intenté conectarme a tu celular. Pero siempre me daba fuera de servicio.

-Tengo una explicación para eso, ¿crees que podríamos conversar en un lugar más tranquilo?-suplicó el joven.

-Vamos a la terraza. Está fresco, así que nadie querrá salir esta noche-respondió Aníbal indicando al joven que lo siguiera sin notar la extraña mirada de Rodrigo que los contemplaba desde lejos.

- Lo primero que debes saber es que nunca te olvidé-afirmó Darío una vez llegaron al oscuro lugar.

-Pues no lo demostraste, pensé que había sido "un polvo" de paso en una aburrida excursión

-De ninguna manera. A las semanas de llegar del viaje cometí otros "errores"–añadió el joven frunciendo el ceño. Mi padre me expulsó de casa y echó del trabajo, así que quedé en la calle. Estuve un tiempo viviendo con un amigo, pero la convivencia fue insoportable. Ahora estoy trabajando en una panadería y alquilo una habitación privada en una pensión céntrica, de la cual espero mudarme en cuanto pueda. Perdí el antiguo celular, así que era imposible recibir tus llamadas. Nuevamente, aceptó que acompañara a Marité porque tiene terror de que le ocurra algo malo, ella es su esperanza-suspiró con resignación.

-Pudiste haberme pedido ayuda.

-¿Qué clase de persona va en busca de una amante con el cual compartió una noche para decirle "Hola, auxíliame porque me corrieron de mi casa".

-Es cierto, pero debe haber sido muy grave lo que hiciste para que tu padre tomara esa actitud.

-Discutimos, nunca aceptó que fuera Gay. Y yo le dije que siempre lo sería.

-Parece mentira que todavía exista gente así-refunfuñó el hombre,

-Lamentablemente, más de la que piensas.

-Fuiste muy valiente, pero ahora nos encontramos, no vas quitarme de encima tal fácilmente-susurró Aníbal abrazando y besando al joven.

-¿Qué haces?-palideció este.

-Lo que haría cualquier hombre que se está enamorando-respondió este.

-No es el mejor lugar, alguien podría vernos-insistió el joven.

-Todos están bailando, de cualquier forma, pronto reuniré a mi familia y le diré lo que ocurre. Intenté hacerlo varias veces, pero Malena parecía no querer escucharme .Ceo que presiente lo que voy a decirle, después de todo, hace tiempo que no tenemos nada "íntimo".

-También me estoy enamorando-susurró Darío como toda respuesta dejando que el fuego pasional invadiera su cuerpo.

La fiesta trascurrir amenamente, cuando Mario Cardozo, el padre de Albertito comenzó a recorrer el lugar en busca de su "presunto"consuegro.Queria agradecerle la invitación, y comentarle que pese a la juventud de la pareja, estaba feliz con el noviazgo.

-Debe estar ocupado, saldré un poco a la terraza para tomar aire. Hay mucha gente y el aire parece viciado-reflexionó desatándose la corbata mientras cruzaba entre los invitados.

Apenas había abierto el amplio ventanal que daba salid al lugar, cuando se detuvo al ver la pareja que, concentrada en sus caricias, ni había notado su presencia.

-Será mejor que entre, no quiero interrumpir los arrumacos –sonrió emprendiendo el retorno. Apenas había caminado dos pasos, cuando Darío se apartó dejando a la vista a su amante.

Pero ¿qué estoy viendo?-susurró Mario espantado. La vista me debe estar fallando mucho o aquel parece ser… Aníbal- volvió a detenerse para sacar una foto con la idea de corroborar más tarde la extraña visión...

-Mario -escuchó que lo llamaba su esposa.

-Me asustaste –exclamó cerrando rápidamente la ventana.

-Guarda ese celular por un momento, no estás trabajando- Leonor va a cortar la torta –gruñó su esposa arrastrándolo hacia el centro del salón...

-Voy en seguida –asintió soltándose.

-¿Te sientes bien? Estás pálido-se acercó la mujer tocándole la sudorosa frente.

- Es el calor. Te acompañado, ya estoy mejor – asintió tomando de la mano su esposa para ir a la mesa de postres.

-Debes ir al médico, puede ser el corazón-lo rezongó la mujer.

-Mañana mismo sacaré hora-asintió para sacársela de encima. *¿Qué haré con este secreto? No hay duda, es Aníbal, pero, ¿quién es el otro?*-susurró observando disimuladamente en el teléfono la imagen de su consuegro besando al misterioso joven.

Malena se sorprendió al notar que el humor de su esposo había comenzado a mejorar después del cumpleaños. Sonreía con frecuencia, y más de una vez lo descubrió canturreando una canción. Si bien todavía no habían recobrado la intimidad añorada, la mujer pensaba que sería solo cuestión tiempo.

-*"Seguro la fiesta de Leonor lo tenía nervioso, parece que ha vuelto ser el mismo hombre del cual me enamoré. Y parece haber olvidado la extraña conversación con la cual me perseguía día y noche"*-pensaba la mujer sin imaginar que casi todos los días Aníbal visitaba a su amante en las dos horas que tenía de descanso.

-En cuanto confirme el apartamento que elegí hablaré con Malena y los chicos. Son grandes, tienen que comprender-soñaba el hombre ajeno a los pensamientos de su esposa.

Había terminado una complicada operación, cuando el celular del médico comenzó a sonar reiteradamente. "Darío"-musitó preocupado ya que el joven no solía llamar en horario de trabajo.

-"Llámame es urgente"-decía el WhatsApp que había enviado su amante.

-¿Qué te sucede?-preguntó encerrándose en el baño para hablar tranquilo.

-Disculpa que te moleste pero se me terminaron los antidepresivos, ¿crees que puedes conseguirme algunos?- Recién tengo psiquiatra dentro de dos semanas.

-No me habías comentado que tomas medicación –añadió estupefacto.

-Trato de hacerlo cuando no estás, tengo miedo que me creas loco y te vayas–comentó el joven.

-Deja de pensar esos disparates. Soy médico, comprendo estas cosas. Y es lógico, tú has pasado por situaciones muy difíciles Hablaré con un psiquiatra amigo.

-No quiero causarte problemas, si se te complica, voy a la urgencia.

- Por una vez no ocurrirá nada, pero en cuanto puedas debes visitar a un profesional, quizá necesites terapia.

-Lo sé, es que se me pasa-asintió Darío.

-Pronto estaremos juntos y yo me ocuparé de que no vuelvas a olvidarte.

-Gracias. ¡No imaginas como deseo que llegue ese momento!

-Falta poco. Y en cuanto te vea te daré una sorpresa.-sonrió pensando Aníbal en el apartamento que tenía casi alquilado.

-¿No puedes adelantarme algo?

-Imposible. Allí llegó el psiquiatra, iré a pedirle la medicación antes de que comience la consulta.

Una semana después, Aníbal no había tenido más remedio que obtener ansiolíticos a escondidas ante la negativa de su colega en darle más pastillas sin hacerse una serie de análisis clínicos.

-Es la última receta que te hago, no puedo seguir medicándote sin los estudios correspondientes. Sabes que me comprometes -lo increpó el médico.

-Está bien, disculpa. Es que estoy deprimido-mintió el hombre.

-Con más razón, puedes estar incubando alguna enfermedad.

-Tienes razón, seguiré tus consejos.

-Perfecto-asintió el medico sacando su recetario del escritorio. Te daré una batería de análisis para descartar cualquier mal físico .Vuelve cuando los tenga así ajustaremos la medicación.

-Aquí estaré –asintió guardando los valiosos papeles en su bolsillo. Y de nuevo gracias por todo.

-Cuídate-agregó el doctor acompañándolo hasta la puerta.

Unos metros más lejos, Aníbal se detuvo frente a una papelera y rompió en pedacitos la orden que le había dado su colega para realizarse los estudios clínicos.

 -No preciso esto, conseguiré por otro lado algunos medicamentos hasta que Darío vea a su doctor. Por cierto debo apurarlo-sacudió el tarro continuando la marcha hacia su despacho.

"Si juzgamos al amor por la mayor parte de sus efectos, se parece más al odio que a la amistad."
François de la Rochefoucauld

Capítulo V

Inesperadamente, Darío le pidió más tiempo a su amante para mudarse juntos.

-Hace poco que no reencontramos, tengo medio de fallarte-suplicó el joven luego de hacer el amor.

-¿Cómo podrías? Eres la persona más adorable que conocí-agregó Aníbal corriéndole el húmedo cabello del rostro.

-Estoy asustado, he tenido que aumentar la dosis de ansiolítico y el médico se niega a darme más. Insiste en la terapia, pero el psicólogo recién me atendrá dentro de un mes. ¡Compréndelo, por favor!

-Lo mejor será que vayas particular, te daré el dinero para que no te demores.

-¿Y sentirme como un mantenido? ¡De ningún modo!

-Muy pronto viviremos juntos, somos una pareja ahora-trató de convencerlo Aníbal.

-No y no-insistió el joven.

-Eres muy caprichoso. Intentaré conseguirte más. Todavía no pude encarar a mi esposa, aunque ella sospecha que algo pasa. ¡No logro comprender su negativa!- explicó el hombre recordando a la angustiada Malena.

-Eso se llama miedo de perderte, mi querido-asintió Darío con calidez.

-Pero no queda nada entre nosotros, ¿para qué quiere tenerme allí? Creo que al fin terminaré mudándome solo.

-Dame dos semanas, y arreglaré mis cosas. Luego te seguiré-añadió el enigmático joven.

-¿Hay algo que no me has dicho?- titubeó el hombre.

-Te lo explicaré más adelante, confía en mí.

-Pensé que me amabas – acotó Aníbal

-Y lo hago, puedes estar seguro. Quizá a mi manera, pero eres todo para mí.

-Si esta manera significa meter a otras personas en nuestra cama, entonces la respuesta es no. Prefiero separarme que compartirte-afirmo Aníbal comprendiendo tardíamente al consecuencias que podrían tener sus palabras.

-Ya discutimos ese tema y te elegí .Te estoy pidiendo solo dos semanas y luego seré todo tuyo, no preciso a más nadie que a ti

-No comprendo para que precisas ese tiempo, ¿quizá un viejo amante que te persigue?

-Nada de eso. Te lo contaré en cuanto nos reencontremos.

-¿Me lo prometes?

-Si. Pero no me busques, yo te llamaré en cuanto solucione la situación.

-No soportaré tu ausencia...

-Cuando no reunamos, jamás volveré a irme – insistió el joven pacientemente.

- Debo creer en ti, de cualquier forma no tengo otra posibilidad-admitió sin mencionar que había traído la llave del nuevo apartamento para que comenzara mudarse cuando quisiera. "Sería presionarlo más" Me daré un baño e iré a trabajar o llegaré tarde-comentó mirando el reloj.

-Bien, perdóname. ¡Ha sucedido todo tan rápido!

-Debiste pensarlo antes de venir a buscarme.

-Es cierto, ¿Qué puedo decir? Mi única excusa es que te amo y no deseo perderte.

-Bien-asintió el hombre dirigiéndose a la ducha. Respetaré tu decisión.

Apenas comenzado su consulta cuando Aníbal notó que le faltaba un recetario.

-Debe estar en casa de Darío. Pasaré a buscarla en cuanto termine la consulta-pensó mientras tomaba su celular para avisarle. No atiende, debe haber aprovechado que hoy tiene libre para hacer algún mandado –cortó retomando su tarea.

Estaba descendiendo de su vehículo, cuando vio a su amante salir del edificio acompañado de un desconocido. El extraño carcajeaba con fuerza atrayendo al cuerpo de Darío contra el suyo que parecía no oponer resistencia... Luego de un último beso, el joven se marchó, y Darío volvió a subir.

-No puedo creerlo- ¿Qué hago ahora? Quizá sea un amigo muy querido-intentó convencerse Aníbal sin reconocer que difícilmente un amigo se despidiera de esa forma.

En cuanto la acera quedó vacía, el médico se encaminó hacia la puerta y tocó timbre

-Buenas –escuchó la voz de su amante por el portero eléctrico que tenía la habitación.

-Soy yo, creo que olvidé un recetario en tu casa.

-Te abro-tartamudeó el joven.

Aníbal entró y saludo a la dueña de la pensión que se encontraba detrás de su escritorio escribiendo en un cuaderno.

-Buenas tardes, Doctor León –respondió la mujer sonriéndole por encima de los lentes. Raro a esta hora por aquí.

-Olvidé una cosa muy importante –acotó a la chismosa mujer.

-Entiendo. Está en su casa-agregó está mirándolo de reojo.

-Querido, abre- anunció con suavidad para no levantar sospechas.

-¿Qué ha sucedido?-preguntó Darío espantado al ver a su amante.

-Parece que me transformé en un fantasma. Te lo dije hace un instante, vine a ver si habían quedado unas recetas-comentó el médico mirando para todos lados.

-Me hubieras llamado, en vez de venir hasta aquí. Pasa, pero te aviso que aquí no quedó nada.

.-No quise molestar, pensé que estarías trabajando-mintió Aníbal.

-Hoy es lunes, sabes que no voy a la panadería.

-¿Por eso pudiste atender al tipo que te besaba en el momento que llegué?-explotó el hombre.

-¿Ahora me acosas?-fingió enojarse Darío.

-No seas cínico, tratas de hacerme ver culpable cuando el único mentiroso eres tú. Seguro que para eso me pediste las dos semanas de tiempo, deseabas saciarte de ese tipo antes de ir a vivir con este viejo. ¿Cuánto tiempo pasaría para que encontraras otro amante?

-¡BASTA! Eres demasiado bueno para mí, no te merezco -confesó el joven rompiendo en llanto.

-Tú lo sabrás. Por mi parte, y con todo el dolor de mi alma, no puedo seguir con alguien que me engaña descaradamente. Este es el adiós.

-Te amo, Ani, no te imaginas de qué forma-rogó el joven tirándose a sus pies.

-No hagas papelones, las paredes de este sitio son de cartón y todo el mundo estará escuchando este escándalo y riéndose a carcajadas de mi humillación.

-¿Qué nos importa? Dame otra oportunidad, no te fallaré.

-Será mejor que me vaya–respondió luchando por no aceptar la propuesta de Darío. Las recetas no están, espero no las haya perdido por la calle. Estaban firmadas.

-¿Qué te puede pasar si alguien las utiliza?-titubeó el joven.

-No lo sé, nunca me ocurrió algo igual. Por las dudas haré la denuncia, diré que no recuerdo donde las dejé. Lo único que me faltaría es ser sancionado -se marchó fingiendo una frialdad que estaba lejos de sentir.

-Ani….-clamó el joven una última vez.

-¿Qué quieres?-lo enfrentó el médico.

-Si me amas como dices...

-Buena suerte-lo cortó Aníbal retomando la marcha.

-"Para ti también"-susurró Darío contemplando como su amante salía de su vida.

La vida de Aníbal se volvió un infierno a partir de ese momento. Ni Malena ni sus hijo son podían calmarlo, se negaba a decir una palabra, el alcohol y los analgésicos parecían ser lo único que hacían efecto.

-¡Por favor, Aní, habla conmigo, te estás matando y nosotros juntos contigo!-lo enfrentó su esposa desesperada.

-Tienes razón, creo que me iré unos días a reflexionar por allí. En cuanto regrese tendremos la plática tantas veces postergada.

-Quizá podría acompañarte -sugirió la mujer preocupada del estado demacrado que presentaba su esposo.

-Sería peor, te repito que debo pensar, ya no puedo continuar de esta forma. ¡No sé cómo hacerte ver que este matrimonio ya no funciona!-gritó descontrolado.

-Querido, por favor, todas las parejas tienen crisis-insistió Malena.

-Es inútil, no hay más ciego que aquel que no quiere ver-refunfuñó comenzando a armar su valija.

 -¡No te vayas así, te lo ruego!-gritó Malena desesperada al ver que Aníbal tomaba las llaves de su auto y prácticamente huía del hogar que compartían.

-Hora de tomar una resolución-reflexionó intentando borrar el llanto de su esposa. Nadie merece sufrir por mi culpa.

Ciento cincuenta y cinco kilómetros más adelante, se detuvo observando un cartel que indicaba "Balneario Santa Ana"

-Veré si consigo una casita para alquilar, este sitio parece lo bastante solitario para pensar tranquilamente -susurró recorriendo las vacías calles de arena. ¡Allí hay una!-exclamó deteniéndose al ver un cartel ofreciendo una cabaña.

Luego de acomodar sus escasas pertenencias, sacó una vieja reposera al jardín   y se acomodó los auriculares decidido a escuchar un poco de música.

-Esta tranquilidad es lo que me hacía falta. Ahora que recuerdo olvidé denunciar las recetas, espero no ocurra nada en mi ausencia- recordó antes de quedar profundamente dormido por primera vez desde que había terminado con Darío.

Habían pasado dos días cuando en medio de una caminata playera, su celular comenzó a sonar con insistencia.

-¿Quién será ahora? Espero no sea Malena, se ha pasado molestando pese a que le dije que no atendería a nadie salvo que fuera urgente. Y ninguna de sus llamadas lo era- suspiró observando el número del Hospital. Extraño en una licencia, será mejor que atienda. Buenas tardes.

-Soy el Doctor Jefferson, ¿Cómo estás pasando?

-Bien –respondió aturdido por la llamada.

-Lamento molestar pero tengo que hablar contigo con urgencia. Tú esposa dijo que te habías ido para afuera a descansar, pero desconocía el lugar. Por supuesto no quise indagar más.

-¿Sucede algo grave?-titubeó al reconocer la voz del Director del Hospital.

-Tú juzgarás. Un tipo fue detenido con un recetario de anfetaminas firmado con tu nombre. Según confesó se la diste a un amigo en común, Darío Miele, y este a su vez se las pasó para obtener la medicación ya que él podía conseguirlas a mejor precio.

-¡No sé de qué habla ni quien se refiere! Nunca di un recetario, lo perdí y olvidé avisar -susurró Aníbal maldiciendo por no haber hecho la correspondiente denuncia.

-¿Y como se explica que este hombre conozca tanto de tu vida?-insistió el Doctor .Nuestro jefe de psiquiatría confesó que anteriormente le habías pedido varias veces recetas de anfetaminas, y como le pareció raro, te ordenó unos análisis que jamás te hiciste. Seguramente esas pastillas tampoco serían para ti.

-Es cierto que pedí varias veces ansiolíticos, pero te juro que extravié ese recetario, no se lo entregué a ninguna persona.

-¿Firmadas? Tu vida íntima no me interesa, pero sabes que no puedes hacer esta cantidad tan importante de recetas verdes y pensar que no nos daríamos cuenta. Seguro que cuando el Psiquiatra James se negó a darte más órdenes, te desesperaste y las hiciste tú mismo. Cometiste un grave error, Aníbal...

-.No fue así como sucedió, ya mismo salgo para allí y explicaré todo-gritó Aníbal indignado al comprender que había sido engañado.

-No hay apuro, estás suspendido de tus funciones hasta que todo esto se investigue. Demás está decir que si se comprueba tu culpabilidad serás expulsado definitivamente del Hospital, hasta podría peligrar tu licencia médica. En este momento acaba de declarar Darío Miele, "el amigo en común", que tiene varias entradas en diferentes clínicas de drogas, y por lo que constatamos, sin resultados adecuados. Él dice que lo atendiste algunas veces y te robó el recetario, pero su amigo narró otra versión. ¿Qué puedes decir de ese tal Darío?

-Lo atendí algunas veces, su amigo está inventando lo demás, desconozco el motivo.-
"Maldito, mil veces"-pensó Aníbal apretando los puños.
-En una semana será tu turno para declarar, así que deja el teléfono a mano porque te volveré a llamar. Mientras tanto, tienes la entrada del Hospital prohibida, salvo como paciente. Yo que tú, iría buscando un abogado.
 -Entiendo. Quedo a la espera de tu llamada.
-Realmente me da mucha pena todo esto, eras un médico con mucho potencial. Hasta pronto-finalizó el Doctor.
Aníbal estaba buscando el número de su abogado cuando el nombre de Darío apareció en la pantalla.
-¿Cómo te atreves a llamarme? Nunca te perdonaré lo que me hiciste-rugió el médico
-Estaba desesperado. No tenía casi dinero, ni pastillas ni nada. Tú dejaste la cartera a la vista… y no resistí. Jamás pensé que pasaría algo así.

-Pobrecito- se burló Aníbal. ¡Qué pena me das! Eres un drogadicto de mierda, seguro tu padre te corrió para que no contaminaras a tu hermana, ¡dime la verdad por una vez en tu vida!

-Es verdad, robé reiteradas veces para poder consumir. Hasta saqué los ahorros de Marité cuando no supe cómo obtener más dinero. Pero si regresas conmigo pondré todo de mí para cambiar, ¡te amo, Aníbal, y esa es mi única realidad! Supliqué que me invitaran a la fiesta únicamente para verte.

-Debes creer que soy idiota para creer algo de lo que dices, ¡por favor! Si me amas como aseguras solo te pido un favor: No vuelvas a molestarme.

-Te ruego que no me abandones. Acabo de confesar que yo hurté esas malditas recetas y lo repetiré donde sea necesario. Voy a limpiar tu nombre como sea –comenzó a llorar el joven histéricamente.

-Cúrate, deja ese veneno que te llevará al cajón anticipadamente. Y por lo que más quieras, no vuelvas a mezclarte en mi vida. ¡Hasta nunca! -Aníbal-fue lo último que escuchó antes de caer al suelo entre impetuosos gemidos, mientras el murmullo del mar se mezclaba con el viento como si quisiera consolarlo.

-Y ahora, Dios, dime, ¿cómo hago para seguir viviendo sin él?-se recostó contra una pared llorando sin poder parar.

"Aceptamos el amor que creemos merecer".
Stephen Chbosky

<u>Capítulo VI</u>

Leonor se hallaba de visita en la casa de su novio contándole sobre la extraña desaparición de Aníbal cuando su futuro suegro se asomó a saludarlos.

-¿Qué cuentan, chicos? Es una hermosa tarde, deberían estar en el fondo en vez de encerrados en el comedor.

-No te preocupes, papá, Leonor ya se marcha.

-No la estoy echando, simplemente fue un comentario. Pero ¿ocurre algo?-preguntó observando los ojos llorosos de su "nuera"

-Si. Su papá se fue solo para afuera y no saben dónde se encuentra .Apenas se ha comunicado y la familia está muy preocupada.

-Ya regresará, no se preocupen-susurró el hombre sintiendo que su rostro se encendía como fuego.

-¿Te sucede algo?-preguntó Alberto mirando fijo al hombre.

-Nada. Debe ser la presión. Con permiso, iré a tomar un vaso de agua fresca -sonrió retirándose.

-¿Me prestas el auto para llevar a Leonor hasta su casa?

-Por supuesto. Saludos a tu mamá, querida- añadió. Y quédate tranquila .Tu padre estará muy pronto de nuevo con ustedes.

-¡Ojalá tenga razón! Y gracias, le daré su mensaje a mamá -exclamó la chica parándose para irse.

-*"Creo que debo tener una seria conversación con papá. Su conducta me ha asombrado, jamás lo vi en ese estado .Y todo fue luego de que se enterara sobre la ausencia de Aníbal"- pensaba* Alberto mientras conducía a casa de Leonor.

-¿Sucede algo? Estás muy callado preguntó la muchacha en el sigiloso trayecto.

-Me quedé preocupado por papá. A veces le sube rápidamente la presión y es caprichoso para tomar sus medicamentos –respondió Alberto sacándole importancia al asunto.

- Espero Mario se ponga bien, y gracias por el aguante -sonrió Leonor una vez en la puerta de su vivienda .Eres muy paciente conmigo.

-Te quiero, ¿recuerdas?-asintió este besándola con dulzura.

-También yo-asintió devolviendo el beso. ¿Te gustaría pasar un rato? Sabes que no preciso invitarte.

- Prefiero volver a casa y ver cómo sigue mi padre.

 -Entonces no te detengo más, debo saber qué pasa con el mío-bromeó la chica. Los hombres nos están dando mucho trabajo estos días

 -No todos-carcajeó Alberto. Te ruego me mantengas informado, y no te angusties. Seguro sufrió un pico de estrés y necesita descansar-añadió tratando de calmar las aguas.

- Espero tengas razón—comentó Leonor perdiéndose en el interior de la vivienda.

-Ahora tendré una seria plática con papá. Estoy seguro que sabe alguna cosa sobre Aníbal. Lo raro es que ellos no son amigos —balbuceó el joven poniendo en marcha su vehículo para regresar a su hogar.

Mario se encontraba pensativo en su despacho cuando sintió un leve golpeteo en la puerta.

-Adelante-exclamó leyendo un papel como si estuviera trabajando.

-Necesito hablar contigo-afirmó Alberto.

-¿Sobre qué, hijo?-titubeó nervioso.

-No hagas el tonto, en cuanto supiste acerca de la ausencia de Aníbal te pusiste muy raro, como si estuvieras enterado de algo que los demás ignoramos.

-Son cosas tuyas, simplemente me alarmé-respondió el hombre fingiendo retomar la lectura.

-Papá, por favor. Si sabes algo que pueda ayudar, por favor ¡Habla!, Leonor y su madre están muy conmocionadas con la desaparición de Aníbal.

-No estoy seguro de poder colaborar, pero tienes razón, sospecho con quien puede estar el padre de tu novia.

-¿Te refieres que lo viste con una…amante?-sugirió Alberto.

-No exactamente –acotó el hombre limpiándose con un pañuelo la transpiración del rostro.

-¿Con quién puede ser entonces que te ha causado ese nerviosismo?

- De cualquier forma, tarde o temprano lo sabrán. Lo vi con un hombre, tú suegro es maricón.

-Supongo que es una broma-tastabilló Alberto.

-Ojalá lo fuera, pero lo vi con mis propios ojos-suspiró el hombre narrándole a su hijo todo lo que había sucedido en el cumpleaños de Leonor.

-Esto que has dicho es terrible, ¿estás seguro que no era alguien parecido?

-Estuve casi frente a ellos, pero estaban tan concentrados en sus arrumacos que ni cuenta se dieron.

-Debo salir-exclamó el joven al comprender que su padre había confesado todo lo que sabía.

-¿A dónde vas?-preguntó conociendo de antemano la respuesta.

-Leonor y su familia deben saber la verdad. Lo que has contado es terrible.

-No creo que debamos meternos, podríamos causar un daño irreparable ene su familia. Quizá sea algo pasajero.

-Lo lamento, papá. Pero es algo demasiado grave para que se mantenga oculto. En un rato regreso-alegó Alberto.

-Adiós, hijo. Buena suerte-susurró Mario al ver entrar su esposa.

-Algo más –se detuvo repentinamente.

¿Conoces al otro hombre?

-Ni idea-Jamás lo había visto anteriormente.

-Hasta luego-asintió retomando su marcha.

-¿Que está sucediendo? Tu hijo salió como un loco hacia la calle.

-Siéntate, Atina .De nada vale seguir fingiendo. En pocas horas todo el mundo conocerá la triste realidad -agregó Mario resignado.

Leonor escuchó sonar el timbre y se levantó rápidamente a atender. Recién habían terminado de cenar con su madre y se había puesto a lavar los platos ya que la pobre mujer no se sentía bien. Ademar estaba como casi todas las noches en un partido de básquet, así que no había mucho desorden que acomodar.

-Alberto ¿Qué haces aquí? Tus padres...- preguntó asustada la joven la ver su lívido novio en la puerta.

-Están bien .Pero lo que debo decirte no puede esperar.

-Pasa, me asustas –gimió la joven.

-¿Tu madre?-preguntó Alberto.

-Duerme. Desde que comenzaron los problemas con papá se cansa con facilidad... Creo que debe visitar a un médico, está muy deprimida.

-Mejor así, tal vez por ahora no deba enterarse lo que voy a decirte.

-¡Dios mío! Entonces se trata de algo grave sobre mi padre.

-Exacto. Es más embarazoso de lo que crees- comenzó a narrar el joven.

-¿Qué es lo que no debo saber?-pregunto Malena asomándose silenciosamente al escuchar el murmullo.

-Señora...yo.

-Mamá, creí que dormías.

-Así era, pero escuché estacionar el auto de Alberto y me despabilé. Al ver que había regresado imaginé que habría sucedido algo importante. Por favor, comienza.

El joven miró a su novia que mordiéndose los labios asintió con un movimiento de cabeza.

-Bien, lamento ser portador de tales noticias- susurró Alberto.

-¿A qué te refieres?-insistió Malena tomándose del respaldado de una silla al sentir que sus piernas empezaban a temblar.

-Mejor siéntate, mamá, parece que lo que vamos escuchar no es demasiado agradable- suplicó Leonor.

Una hora después, el joven terminó de contar lo que se había enterado por boca de su padre y se quedó callado en espera de la reacción de Malena y Leonor.

-Sospeché que había otra persona, pero quise creer que era producto de mi imaginación. Pensé que sería una mujer, supuse que su afición por los hombres había finalizado-afirmó Malena con seriedad.

-¿Entonces tu sabías que papá era…Gay y aun así seguiste casada con él?-preguntó Leonor horrorizada.

.-Hace muchos años, antes de nacer Ademar tu padre tuvo un vínculo muy cercano con un hombre, el cual acabó apenas di a luz. O eso creí. Pensé que era una etapa pasajera, y que terminaría si el hombre se alejaba, pero me equivoqué. Al tiempo fueron apareciendo otros….pero siempre acababa y la normalidad volvía a nuestra relación. Salvo esta última vez. Hace un rato tu abuelo me avisó que suspendieron a tu padre por darle anfetaminas a un joven con el cual Aníbal tiene una relación muy cercana, aunque no me aclaró de que tipo. Debió suponer que no era necesario decir más nada. Esta es su foto- sollozó la mujer sacando un colorido papel de su bolsillo. La imprimí para buscar al joven e ir rogarle que lo dejara, tal como hice en otras oportunidades. Ahora es demasiado tarde, todo el mundo sabe de la existencia de ese amante.

-Dame esa foto, mamá. No te mortifiques más, ya te has humillado demasiado, debiste echarlo la primera vez que te engañó. -extendió Leonor una mano para tomar la foto.

-Cuando uno se enamora no hay vergüenza
suficiente si se trata de recuperar al ser amado.
-No estoy de acuerdo, pero respeto tu opinión-
acotó la joven mirando el papel ¡Es Darío, el
hermano de Maite! Estaba en mi cumpleaños-
exclamó la joven con una especie de aullido.
-Allí los vio mi padre. Según me dijo, daba la
impresión de que ya se conocían.
-La llamaré ahora mismo -rugió la chica
comenzando a discar. ¡No puedo creer que me
lo haya ocultado! Buenas noches –casi gritó al
escuchar la voz de la joven. Quizá imagines el
motivo de mi llamada.
 -Así es, y tienes razón al estar enojada. Pero yo
no tuve nada que ver, acabo de encontrarme
con mi hermano y me confesó todo lo ocurrido.
No sé qué decir, nunca lo imaginé.
-¿Te comentó dónde se conocieron?-pregunto
la joven tratando de contener su enojo.
-En el viaje de Bariloche, tu papá estaba solo y...
-Recuerdo bien ese momento. No debes decir
más nada. Agradezco tu sinceridad.

-Te pido perdón por la conducta de mi hermano, ha hecho muchísimos desastres, pero jamás pensé que se metiera con el padre de una querida amiga.

-Te recuerdo que para entablar una relación se requieren dos personas-añadió Leonor.

-¡No quiero perder tu amistad!-lloró Marité. Darío ya no vive en casa, y yo ya le aclaré que no quiero verlo en mi vida.

-No te preocupes, seguiremos siendo amigas, tú no tienes culpa de nada. Ahora te dejo, tenemos una reunión familiar que atender. Voy a tratar de ubicar a Ademar, para ponerlo al tanto de lo ocurrido.

-Ademar está aquí, ¿qué debe saber?-¿Acaso seré tío antes de tiempo? –bromeó entablando silencio al contemplar el húmedo rostro de su madre.

-Al fin te dignaste aparecer. Ha ocurrido algo muy grave con nuestro padre.

-¿Acaso...papá?-tartamudeó el joven.

-No murió si a eso te refieres, pero a estas alturas sería lo mejor para todos-gruñó la joven con odio.

-Leonor, por favor, es tu papá-sollozó Malena.

-Los dejo para que conversen. Luego te llamo, querida-comentó Alberto dirigiéndose a la puerta de salida.

-Habla de un vez, ¿qué es eso tan grave que ocurrió con nuestro padre?-reiteró Ademar.

-Es gay, y tiene un amante del cual – aparentemente-se encuentra muy enamorado...

-No hagan chistes de ese tipo, sé que he estado demasiado tiempo en la calle, pero decirme esa estupidez -se calló al ver los tristes rostros de su madre y hermana. ¿Saben quién es la basura con la cual anda?

-Jamás lo imaginarías-sollozó Leonor.

-¿Quién...?-insistió el joven

-Darío, el hermano de Marité, se conocieron en Bariloche.

-Increíble, ¡él muy mierda! Voy a matarlo con mis propias manos, el tipo ha jugado al básquet en la plaza con nosotros, y no es trigo limpio. Seguro lo engatusó para sacarle plata.

-Papá lo ama, hay fotos de los dos juntos -añadió Leonor.

-Y algo más –susurró Malena llorisqueando .Encontré también un recibo de garantía respecto a un apartamento céntrico. Seguro tu padre se piensa mudar con él.

-Es insólito -repitió Ademar abrazando a su madre Jamás lo hubiera pensado, es cierto que lo encontré raro los últimos tiempos, pero esto trasciende todos los límites...

-Por eso .Debe irse de aquí. Vamos a guardar sus cosas en una valija y dejárselas en el garaje-ordenó Leonor.

-No tengo fuerza, ni siquiera sé cómo poder vivir sin él. Fue mi gran amor.

-Estamos nosotros. Y también Daniel que es parte de esta familia-recalcó Leonor recordando al amigo íntimo del matrimonio. Entre todos te ayudaremos.

-Gracias. Llamaré a mi querido amigo para contarle lo sucedido.¡Seré el hazmerreír de todos nuestros conocidos!

-Eso no debe preocuparte. Ademar, ¿me ayudas?

-Por supuesto- Debemos ponerlo de patitas en la calle .Mamá debe reconstruir su vida- rugió el joven mientras Malena empezaba a discar.

-Daniel, ¿tienes un momento para mí?-comenzó llorar la mujer apenas escuchó la voz de su amigo.

-Siempre lo tuve, ahora, trata de calmarte- comentó pensando que le ocurriría a la mujer que jamás había dejado de amar.

"Amar es destruir, y ser amado es ser destruido".
Cassandra Clare

<u>Capítulo VII</u>

Aníbal recorría por última vez el balneario antes de regresar a la ciudad. Su estado anímico, estaba mucho mejor que cuando llegó, especialmente porque Darío había relatado todo lo sucedido comprobando la inocencia del médico respecto a la pérdida del recetario, aunque el médico sería sancionado por abusar de la buena voluntad el psiquiatra que lo había recetado en varias oportunidades creyéndolo enfermo.

-"Por lo menos la sanción será menor, a lo establecido, aunque es claro que cometí un delito al sacar recetas para mi amante. ¡No sé cómo caí en una estupidez semejante! Bien dice que el amor es ciego, solo espero que Darío haya aprendido a lección y trate de mejorarse - asintió el hombre pegando un vuelco hacia la avenida principal. Casi dos horas después entró en su silenciosa casa, preparándose para enfrentar los reproches de su familia.

-Ya deben estar enterados de todo, lo que hará más fácil mi partida .De nada valen falsas explicaciones. Malena se merece ser feliz. Lo único que me interesa es que mis hijos no me odien –susurró deteniéndose para tomar una bocanada de aire antes de entrar.

Había encendido la luz del comedor cuando se sobresaltó al ver a su desmejorada esposa sentada en el living.

-Me preguntaba si alguna vez regresarías, o te irías directamente hacia la casa de tu amante.

-Siento que te hayas enterado esta manera- alegó Aníbal.

-Me lo merezco por estúpida, ¿Cómo pensé que podrías cambiar? –sollozó la mujer.

-No te culpes, actué como un cobarde.

-Igual que yo la vez que fui a suplicarle a aquel antiguo amante que te dejara aduciendo la excusa de estar embarazada. Creí que si te daba un motivo suficiente lo olvidarías y todo quedaría en el pasado .Todo marchó bien hasta que apareció Rodrigo, y luego el Padre Pablo, quienes también tuvieron que trasladarse para que yo recobrara nuevamente la paz.

-¿Quieres decir que siempre estuviste enterada de mis…preferencias sexuales?

-Así es, o más bien me di cuenta a los pocos meses de casarnos. Pensé que eran caprichos pasajeros, pero aquí están los resultados.

-No puedo creer que hayas podido actuar de esa forma para retenerme, ¿Cómo tuviste el coraje?

-Porque te amo, si es que sabes lo que esa palabra significa. Y durante un tempo logré engañarme, hasta que el maldito Darío se cruzó en nuestras vidas y no me dio tiempo a nada.

-¿En serio crees que solo fueron ellos? Pensé que alguna vez sospecharías al ver que pasaba horas y horas en aquel desconocido club y venía con tanto perfume masculino. Pero por suerte, la farsa terminó. Recogeré mis cosas y me mudaré.

-No me dejes, podremos comenzar de nuevo. Al igual que los otros, Darío desaparecerá y seremos felices los cuatro juntos.

-Nunca desparecerán, Malena. Siempre habrá "un hombre "esperándome .Soy Gay, y si hubiera reconocido la realidad antes de casarnos todo este dolor se podría haber evitado.

-Por tu culpa terminé con un hombre bueno y que me amaba, ¡Daniel jamás hubiera procedido de esta forma!

-Es verdad, reconozco mi culpa. Pero también yo en algún momento pensé que este interés desaparecería, mi egoísmo fue demasiado grande, no sabes cuánto lo lamento. ¡No imaginas como me gustaría poder cambiar!

-Eres un cobarde mentiroso-rugió la mujer dándole una bofetada. ¡Vete de esta casa y no vuelvas!

-Eso pienso. Pero antes de partir quisiera despedirme de mis hijos.

-No desean verte, Leonor está en casa de su novio y Ademar fue a visitar a un amigo. Ninguno regresará hasta que tengan la seguridad de que no se cruzarán contigo.

-Dale mis saludos, y siempre estaré para lo que precisen .Ojalá algún día me comprendan-acotó el hombre tomando su valijas para dirigirse hacia su vehículo.

-¿Te vas con él?-susurró la mujer.

-Aun no lo tengo claro, lo sucedido fue muy intempestivo para resolver que haré con mi vida. Debo reflexionar –agregó retirándose sin una palabra más.

Estaba cruzando la calle en el momento en que un auto rojo se detuvo en la puerta de su casa.

-*"Daniel. La sigue amando o no estaría aquí. Ahora comprendo porque su matrimonio duró un año, jamás la olvidó. Espero que Malena pueda obtener la felicidad que yo jamás pude darle*-murmuró contemplando a su amigo caminar rápidamente hacia la casa donde viviría su esposa con los chicos .*Una nueva etapa comienza en mi vida, y seguramente, mucho más difícil de lo que imagino. Sin embargo puedo respira mejor, es como si me hubiera sacado un peso de encima"*-suspiró bajo el cielo estrellado al mismo tiempo que recordaba a su querido Darío. *Lo amo y se mostró muy arrepentido, quizá nos merecemos otra oportunidad. Quizá aprendió su lección, y ahora nadie se interpondrá entre nosotros* – susurró decidido a conversar con su amante.

Aníbal llegó al edifico donde vivía el joven y observó que la puerta principal estaba mal cerrada. Sin tocar el timbre, entró al oscuro lugar y se dirigió al tercer piso donde vivía el joven.

Tal como su amante le había comentado, su nueva residencia era más que humilde. Las paredes despintadas y los pisos sucios contribuían aumentar el deprimente aspecto del corredor.

-Imagino como debe estar sufriendo Darío, acostumbrado al lujo de la casa de su padre. Espero que todo este lío haya servido de algo- pensaba el hombre mientras subía la desgastada escalera. Creo que aquella es su puerta, trescientos tres- comentó golpeando la madera con delicadeza.

-Permiso, estaba abierto por eso entré sin avisar-intentó disculparse a viva voz.

Al no obtener respuesta, siguió caminando por la habitación, preocupado por si su amante hubiese sido objeto de un robo. Tras encender una luz del pequeño hall llegó a lo que parecía ser el único dormitorio del lugar, distinguiendo a tres personas tiradas sobre la cama.

-Darío, llegó otro invitado-comentó uno de los tipos que abrazaba a su amante.

-No espero a más nadie-acotó el aludido con voz gangosa, levantando la cabeza para ver quien había entrado.

-Es verdad, no soy un invitado-exclamó el médico tosiendo ahogado por el agrio aroma de los restos de cigarros que se apoyaban en platos o diversos ceniceros tirados por el suelo.

-Aníbal-susurró Darío con voz gangosa intentando pararse para caer estrepitosamente en el suelo. ¿Qué haces aquí?

-Vine a buscarte. Pensé que si comenzábamos de nuevo, todo podría ser diferente, pero veo que volví a equivocarme. ¡No sabes cuánto lo lamento!-rugió el hombre dándose vuelta para irse.

-Espera, estás cometiendo un error .Te amo y quiero ir contigo.

-¿Que harás con tus amigos? ¿Irán con nosotros?

-Ellos solo están pasando la noche porque los expulsaron de la pensión donde vivían –intentó justificarse.

-Sin duda, eres un mentiroso profesional, pero ya no me engañarás nunca más Adiós, Darío, ahora así, hasta nunca.

-Escúchame, por favor-se arrastró Darío hasta rozar un brazo de su examante.

-¡No me toques ¡Eres repugnante!- -gritó Aníbal empujándolo con un pie, para salir apurado del deprimente lugar.

-¡Aniballllllllllll-retumbó la voz del joven por los vacíos corredores.

El hombre se sentó en su vehículo y se tapó las orejas, intentando borrar los lastimosos lamentos.

-Como pude ser tan tonto…otra vez. Yo también debo comenzar una nueva y dejar tanto sufriendo atrás- sollozó dirigiéndose al apartamento que había alquilado para vivir con Darío.

Aníbal abrió el solitario lugar y sintió como si una terrible garra apretara su corazón.

-Abriré todas las ventanas y trataré de dormir. Estos últimos días han sido agotadores, lo único que deseo es descansar. Será difícil, pero no imposible-musitó sacudiendo la colcha dejando que los delicados pétalos de rosa que esperaban a su amante cayeran al suelo. Será difícil olvidarte, Darío, muy difícil…

El teléfono comenzó a sonar y tras observar el reloj que tenía en su mesa de luz, Aníbal se levantó raudo a atenderlo.

-Son las seis, debe ser algo muy importante para que me llamen a esta ahora. Buenos días-atendió sin mirar el número tras recostarse a una almohada

-Hola. Soy Juan Carlos-respondió el hombre secamente.

-¿Qué deseas?-acotó Aníbal acomodándose sobre la cama.

-Dudé mucho en llamarte, pero tras ver a mi única hija sufrir tanto, decidí que no tendría más remedio.

-Lamento mucho lo que ha sucedido, pero no podemos seguir así. Ella todavía es joven, podrá reconstruir su vida.

.-Estoy al tanto de lo que ha sucedido, y sé que has sido suspendido en el Hospital. Si bien los muchachos han confesado su culpabilidad, el escándalo ha sido terrible y todo el mundo se ha enterado lo que hiciste... Será difícil que algún centro de renombre vuelva a contratarte.

-Lo tengo claro. ¿Y has llamado a esta hora para decirme eso?

-He llamado para comunicarte que el próximo lunes se reunirá el Consejo Directivo del Hospital, y si regresas a tu casa votaré para que te reestablezcan en tu puesto y quede todo olvidado. Recuerda que soy uno de los principales accionistas del Hospital. Malena te ama, hará a la vista gorda si cada tanto…estás con alguien.

-Creo que no he comprendido bien, ¿sugieres que aun siendo Gay mantenga mi matrimonio?

-Exacto. Podemos decir que fue un momento de locura consecuencia de la mediana edad. Todo podría ser como antes.

-¿Es tu hija o tu buen nombre lo que te preocupa?-preguntó Aníbal audazmente.

-Digamos que las dos cosas. Soy un empresario de prestigio, y estoy cansado de que todo el mundo me señale con el dedo y susurren cuando entro a un lugar. "Pobre Maceratino, tiene un yerno puto" Convengamos que esto no es de ahora.

-Tendrás que acostumbrarte-sonrió Aníbal levemente. No regresaré, es más, en próximos días pediré el divorcio.

-Yo que tú pensaría bien antes de tomar una decisión. Pronto habrá un cargo de Director vacante, tenía pensado recomendarte para el mismo-insistió el hombre.

-No hay nada que pensar, ya lo he decidido. Voy a recomenzar mi vida, y esta vez a mi manera.

-¿Tienes bien claras las consecuencias de tu caprichosa conducta?

-Por supuesto, tuve suficiente tiempo para reflexionar. No causaría tanto dolor si no estuviera seguro.

-Las puertas laborales se cerrarán para ti-objetó Juan Carlos.

-Pues manejaré un taxi, nada es bastante valioso para cortar la libertad que tanto me costó obtener... ¿Algo más?

-Tus hijos te repudiarán-comentó el hombre jugándose la última carta.

-Con el tiempo lo aceptarán, estamos en el siglo XXI, ¡sigo siendo la misma persona!

-Te arrepentirás de tu estupidez-rugió su exsuegro.

-Puede ser, pero no ahora –afirmó el hombre sintiendo como la línea quedaba vacía.

-Por Dios, ¿tanto le cuesta comprender a la gente que por primera vez en mi vida quiero hacer lo que me venga en gana?-gritó Aníbal asomándose a la ventana para ver salir el sol entre los edificios.

Eran las nueve de la mañana cuando el hombre encendió la computadora y comenzó enviar su CV a distintos lugares.

-Es claro que ningún Sanatorio me contratará, Juan Carlos es un peso pesado en el tema de la salud. Tiene acciones en la mayoría de los Sanatorios privados y ya no estoy para comenzar desde abajo en un lugar público. Pediré empleo en venta de insumos médicos y si no consigo tendré que mudarme al interior, donde los tentáculos de este hombre no lleguen. Aunque lamentaré apartarme de mis hijos- susurró recordando que estos se habían negado a hablar con él desde que se habían enterado quien era.

Acababa de enviar otro mail, en el momento que escuchó nuevamente tintinear su celular.

-Veré quien es antes de atender. No quiero más sorpresas desagradables este día-balbuceó respondiendo al ver que no conocía el número.

Buenos días -contestó extrañado.

-Buenas. Estoy buscando al Doctor Aníbal León.

-Con él habla-respondió.

-Mi nombre es Javier Acosta y soy Director de la Cooperativa de Emergencias Cardiacas "Privilege", tal vez escuchó hablar de nosotros.

-Por supuesto –respondió el hombre emocionado.

-Me he enterado de su situación actual y conociendo sus antecedentes académicos me gustaría hacerle un ofrecimiento-agregó el hombre.

-Dígame-afirmó Aníbal.

.Vamos a ampliar nuestro servicio a zonas costeras del país y necesitaremos más profesionales. Pensamos que usted podría estar interesado en formar parte del plantel. No le voy a mentir, para ingresar a la empresa se requiere una cierta suma monetaria, pero hay facilidades de pago. Tal vez necesite pensarlo antes de fijar una cita.

-Me interesa-asintió Aníbal. Señale el día y hora para reunirnos.

-Lo antes posible, tenemos varios aspirantes, pero su CV me interesó personalmente.

-Ponga usted la fecha, sabe que estoy libre.

-¿Mañana a las nueve le parece bien?

-De acuerdo, dígame el lugar.

-En nuestras oficinas centrales. Anote la dirección.

-Bien .Una pregunta más. ¿Alguien le sugirió mi nombre?

-Digamos que su situación se hizo pública, y bueno, como le dije, está reconocido como un gran cardiólogo. Más allá de todo lo ocurrido estas últimas semanas-carraspeó el hombre.

-Entonces sabrá que soy Gay-afirmó a la defensiva.

-Su vida personal no nos interesa, solo exigimos profesionalidad y pasión por su tarea. Tenemos varia personas homosexuales en nuestro plantel, como le comenté, su vida íntima no es de nuestra incumbencia.

-Si me acepta, no les fallaré-afirmó Aníbal.

-Nos vemos mañana para conversar personalmente y aclarar todas su dudas -asintió el hombre finalizando la llamada.

-"No puedo creerlo. Algo bueno entre tanto desastre. ¡Tengo que obtener ese empleo!-rogó Aníbal cerrando su computadora.

Una semana más tarde, el médico cumplía su primer día en la Emergencia Privilegie.

-Sin duda es un gran desafío. Parece mentira que con más de cuarenta años haya tenido que comenzar de nuevo. Pero nadie me echará de aquí, soy parte de la empresa-sonrió entrando en el hall de su edificio.

-Doctor León-lo llamó el portero. Acabo de recibir una carta certificada a su nombre.

-Gracias-lo recibió observando el nombre de su anterior trabajo en el encabezado.

Aníbal esperó entrar su apartamento y tras prepararse un café se dispuso a leer el papel.

-Imagino a que se referirá-anunció tomando un trago de la reconfortante bebida para cobrar ánimo.

"Estimado Doctor León.

*Lamentamos comunicarle su desvinculación
definitiva con nuestra Institución. Agradecemos
los servicios prestados y le deseamos éxitos
para el futuro.
Por supuesto, se le abonará lo que corresponde.
Saluda atte:*

*Doctor Max Jefferson
Director del Instituto Cardiológico Superior*

-Fue tu obra, Juan Carlos, cumpliste tu
promesa-carcajeó tirando la hoja a la basura.
Pero no imaginaste que tendría otro empleo tan
rápidamente. En verdad, tampoco yo. Veamos,
intentaré comunicarme nuevamente con mis
hijos. No pueden ser tan caprichosos-suspiró
olvidando el anterior aviso.

"El amor es la condición en que la felicidad de otra persona es esencial para la tuya propia".
Robert A. Heinlein

<u>Capitulo VIII</u>

Aníbal estaba conversando en la sede este de la Emergencia cuando uno de los camilleros se acercó apresurado.

-Doc, acaban de avisarnos que debemos salir inmediatamente. Una mujer intentó suicidarse tomando un frasco de pastillas. Parece que justo llegó su hija y encontró el frasco vació en el baño.

-Salgamos ya mismo –asintió Aníbal tomado su maletín. Lisa, lamento molestarte, pero tenemos un nuevo llamado -suplicó a su colega que se encontraba dormitando sobre una camilla.

-No te preocupes, estoy acostumbrada. Por suerte, será el último, ya termina nuestro turno.

-¿Dónde vive la paciente?-preguntó Aníbal una vez acomodado en la ambulancia.

-Divina Comedia veintiuno quince.

-No puedo ir a ese lugar-titubeó.

¿Cómo que no puedes ir?-refunfuñó la Doctora.

-Es mi antigua casa, y la mujer mi exesposa.

-La atenderé yo, ya no hay tiempo de pedir otra ambulancia.

- No comprendes, lo ocurrido ¡es mi culpa!-se rompió el hombre comenzando a llorar.

-Claro que no-lo abrazó esta que estaba al tanto de lo sucedido a su colega. Nadie es culpable de las decisiones de otro, tenemos que aprender a resolver nuestras frustraciones. Salvo algún problema mental, somos libres de elegir nuestro destino. Veremos lo que realmente pasó -sonrió la Doctora para darle ánimo.

Casi enseguida el equipo médico llegó al lugar, y la Doctora se dispuso a descender seguida de dos enfermeros.

-Espera, voy contigo-afirmó Aníbal.

-¿Estás seguro? No es necesario.

-Tengo que hacerlo, no voy a poder ocultarme por el resto de mi vida. Como dijiste hace un rato, somos dueños de nuestro destino.

-Entremos entonces-sonrió la mujer abriéndose paso entre los curiosos que se amontonaban en la puerta.

Leonor abrió la puerta con los ojos enrojecidos de tanto llorar palideciendo al ver a su padre.

-¿Cómo te atreves? ¡Por tu culpa mamá casi se mata!-exclamó interponiéndose entre la puerta y el living.

-Señorita, su padre es el médico principal de esta zona. Déjenos pasar antes que sea demasiado tarde.

La joven dudó un segundo hasta que la voz de Malena llegó desde el dormitorio.

-Déjalos pasar. Necesito hablar con él.

-Pero, mamá. ¡Casi mueres por su abandono!

-Hija, no me hagas rogarte.

-Mientras se decide, yo veré a tu madre-exclamó la Doctora sacándola del medio

-No sé preocupe, la pastillas están en el wáter. Se arrepintió a último momento-explicó Leonor dando paso a la profesional.

-¡Excelente! Es un buen indicio. Indícame el sito en el cual se encuentra tu mamá -suspiró Lisa apretando el hombro de la chica en señal de aliento.

-Acompáñeme –asintió Leonor regresando enseguida a la entrada donde esperaba su padre.-Pasa-ordenó a continuación.

-Gracias-entró el hombre pegando una rápida mirada al sitio donde había vivido tanto tiempo.

-Imagino el susto que tuviste-comentó Aníbal tratando de hacer algún comentario.

-Así fue –respondió esta con frialdad. Por suerte fue una falsa alarma .A último momento se dio cuenta que morir por ti no valía la pena.

-Hija, lamento todo lo sucedido, nunca quise hacerles daño, ni a ti ni a tu hermano, mucho menos a tu madre. A veces las cosas suceden por una razón –intentó justificarse Aníbal.

-Ya no vale la pena lamentarte. Lograste destrozar mi vida. Alberto me dejó al saber que finalmente te habías ido con un tipo, Su padre es judío ortodoxo y no puede admitir "esta tipo de gente" en su familia. Si te hubieras mantenido callado como hasta ahora lo hubiese aceptado, pero ahora…

-¿Con que derecho se atreve ese hombre a juzgarme ? Creo que es bastante atrevido ya que casi prácticamente no me conoce .Y ese novio tuyo no te amaría demasiado o te habría apoyado. No se abandona a los seres que queremos en momentos difíciles como el que te ha tocado vivir.

 -Tienes razón –comenzó a llorar Leonor, ¿pero por qué ahora? Si habías vivido tranquilo todos estos años, podías haber continuado de la misma forma.

-Quizá me enamoré lo suficiente para querer vivir con mi pareja, o porque estamos en otra época, o sencillamente porque ustedes son grandes y volarán pronto. Entonces, solo me quedaría una fría soledad.

-Peor debiste pensar en mamá.

-Por eso me decidí .Ahora es joven, y puede reconstruir su vida, pero, ¿Qué pasaría si esto ocurría dentro de diez años?

La joven iba a responder en el momento en que la puerta se abrió bruscamente dado pasa a un alarmado Daniel.

-¿Cómo está?-comentó dirigiéndose directamente a Leonor sin prestar atención a su antiguo amigo.

-Se encuentra con la Doctora, pero te molesté de gusto. No llegó a tomar nada.

-¡Menos mal! Agradezco que me hayas tenido en cuenta. A partir de ahora, me llamarás para lo que precisen-comentó frunciendo la nariz al ver a Aníbal.

-Muchas gracias-acotó Leonor abrazando al hombre.

-¿Qué hace este aquí?-refunfuñó enseguida.

-Dani, nos debemos una plática-tosió un acongojado Aníbal.

-¿Para qué´? Creí que pese a lo ocurrido en nuestra juventud seguíamos siendo amigos. Pero veo que me equivoqué-susurró el hombre. Ocultaste muy bien que eras Gay.

 -Tuve miedo, entiéndelo. El gran Doctor Aníbal León sale del closet a los cuarenta y dos años. ¿Qué hubiera dicho la gente?

-No lo sé, pero tampoco me hubiera importado.
Como te comenté, pensé que éramos amigos.
Además, tienes suficiente prestigio y
honorabilidad para callarlos. En fin, veré a
Malena.
¿A qué se refería con lo ocurrido en la
juventud?-preguntó Leonor.
-Daniel era el novio de tu madre, y yo creí
enamorarme de ella apenas conocerla. Lo
demás ya lo sabes...
-Comprendo, ella te eligió a ti.
-Así fue. Luego él se casó, pero no duró nada.
Como comprenderás, sigue amando a tu madre.
-No conocía la historia, pero eso imaginé. Está
pendiente de ella.
-Lamento interrumpirlos, pero me voy- se acercó
Lisa sonriendo. Tu madre está bien, debe
descansar y visitar a un psiquiatra lo antes
posible. Es una mujer fuerte, lo superará. Le
receté unos antidepresivos muy suaves hasta
que vea al especialista.
-¿No será peligroso?-tembló la joven.

-Repito: Tu madre quiere vivir y su conducta fue un llamado de atención. Ani, terminó nuestro turno. Y la paciente desea conversar con ustedes dos. Cualquier cosa me vuelven a llamar-se despidió la profesional.

-Espero no sea necesario-suspiró Leonor. La acompaño hasta la puerta.

-Gracias, Lisa-asintió Aníbal.

Padre e hija entraron a la habitación donde descansaba la mujer que con un gesto les indicó que se sentaran.

-Si quieren los dejo conversar a solas-acotó discretamente Daniel caminando hacia la salida.

-De ninguna manera, necesito pedir perdón a Aníbal delante de todos.

-¿Perdón? ¡Yo soy el que causé toda esta terrible situación!

-Y como ya sabes, yo contribuí a ella, cuando hace años te impedí irte con tu amante. Fui una egoísta, y estas son las consecuencias.

-¡Eres una gran mujer, y te mereces ser feliz!-sollozó Aníbal abrazando a su ex esposa.

-Y tú también. Ve y vive con quien desees. Yo no seré quien te lo impida, hablaré con nuestros hijos para que comprendan la decisión que tomaste-asintió tomando el rostro de su esposo entra sus palmas. ¿Comprendiste, Leonor?

-No sé madre, que decir...

-Nada, solo respetarás mi deseo. Y en cuanto llegue Ademar hazlo pasar, pero no lo alarmes. Es el que peor ha sobrellevado esta situación.

-Quien sabe a la hora que regresa- acotó la chica .Desde hace un tiempo solo viene para dormir.

-Pues lo esperaré despierta y tendrá que escucharme-afirmó la mujer con impaciencia.

-¿Tienen idea donde puede estar?-preguntó Aníbal.

-Se pasa el día en la plaza con unos tipejos de mal aspecto .Dejó su carrera de odontólogo porque, según explicó, no era lo que pensaba, dice que el próximo año comenzará otra cosa.

-Pasaré por allí ante de ir a casa. Daniel, luego te llamo. No deseo que las cosas queden así entre nosotros.

-Te ubicaré cuando me encuentre listo, lo mejor será que el tiempo pase y todo se acomode.

-Entiendo-asintió Aníbal contemplando como Malena se recostaba sobre el hombro de su amigo. *"Estará bien"*-sonrió internamente.

-Papá- exclamó la joven en el trayecto hasta la puerta.

-¿Si?-preguntó el hombre.

-Alberto demostró ser un nene de papá, fue una suerte que hayamos terminado-asintió guiñando un ojo mientras abrazaba a su padre.

-Mejor ahora que seguir con un pelele. Mereces algo mejor.

-Tienes razón –carcajeó al joven.

-Ven a visitarme, estaré muy solo partir de ahora.

-¿Qué pasó con…Darío?

-No resultó. Pero de cualquier forma me abrió la puerta para salir de mi jaula, y liberar a tu madre junto conmigo.

-Encontrarás el amor-asintió Leonor.

-Puede ser, pero ahora tengo otras cosas en que pensar .Tu hermano es una de ellas. Hasta pronto.

-Adiós, pa. Te amo sin importar tu orientación sexual. Siento haber sido tan dura.

-Me lo merecía-asintió el hombre dirigiéndose a la plaza en busca de su hijo.

Aníbal detuvo su auto bajo unos frondosos árboles y comenzó recorrer el solitario lugar.

-Parece que no está, quizá ha reflexionado y regresó a la Facu -musitó pegando la vuelta para marcharse.

Estaba por regresar su vehículo, en el momento que escuchó el golpeteo de una pelota contra el suelo.

-¡Es mi turno!-exclamó una conocida voz.

-Ademar –exclamó observando a su hijo bajo una canasta de básquet. Esperaré que haga el tiro y me acercaré para invitarlo a tomar un café.

-Doble-gritó otra persona enseguida.

-Hijo-exclamó dirigiéndose inmediatamente hacia la cancha.

-¿COMO ME ENCONTRASTE? –refunfuñó este al verlo ¡Retírate en este instante de mi vista!
-Estuve con tu madre y hermana y me dijeron que este era el sitio donde pasabas tus horas. Están muy preocupada por ti.
-¿Y acaso te importa?-escupió el resentido chico. ¿Porque no estás en la cama con tu amante? Parece que este te gusta demasiado-carcajeó dibujando un pene en el aire con la manos.
-Cállate, no sabes lo que hablas ¡Todavía eres mi hijo!- vociferó Aníbal dándole una cachetada. Lo siento yo...
-Vete de mí vista y no vuelvas nunca más a buscarme -silabeó escuchando la risita nerviosa de los otros muchachos.
-Todavía eres menor, puedo obligarte a regresar a casa.
-No lo hagas o te arrepentirás. En pocos meses cumpliré la mayoría de edad, así que...contrólate-exclamó furiosos regresando la cancha .Y jamás vuelvas por aquí.

Aníbal sacudió la cabeza y se quedó paralizado en el lugar. Sin duda, convencer a su hijo sería una complicada empresa.

-Veré que hago-reflexionó pegando al vuelta ignorando la dolorida mirada que este le enviaba mientras se dirigía al automóvil.

-¡NO ME DARÉ POR VENCIDO, ¿COMPRENDES? –exclamó girando su cuerpo sorpresivamente.

-¡Muérete!-respondió Ademar.

Aníbal se estaba preparando la cena cuando sintió que tocaban el timbre de la entrada.

-No espero a nadie. Debe ser el portero por los gastos comunes. ¿Sí?-preguntó luego de apagar la cocina.

-Hola-escuchó al conocido hombre. ¿Cómo has estado?

-¿Rodrigo? –pregunto estupefacto.

-El mismo, ¿puedo pasar, o prefieres hablar de esta forma?

-Perdona, entra. Es que me has sorprendido –confesó tocando el botón para entrara.

Aníbal se dirigió a la puerta del apartamento y abrió, sonriendo al ver el iluminado rostro de su antiguo amante.

-Supuse que vivías en Artigas-confesó.

-Regresé en cuanto conseguí otro empleo, no me gustaba el lugar. Extrañaba mucho. Justo llamé a tu casa para saludar y Leonor me contó lo sucedido con su madre. Y agregó que estabas solo.

-Así es-admitió Anibal.Tuve una pareja y no resultó, pero así es la vida-levantó los hombros demostrando resignación.

-El joven por el cual me dejaste.

-Rodrigo, por favor, no empecemos.

-Perdona, pero mentiría si digo que lo siento. Te sigo amando, y me gustaría volver intentarlo.

-Por favor, no deseo hacer más daño. Y menos a ti.

-Corro con los riesgos, solo déjame amarte. Esta vez, puede ser diferente.

-Escucha, Rodrigo –se corrió hacia atrás hasta chocar la espalda con la pared.

-Por favor-rogó el recién llegado besando con suavidad el cuello del hombre.

-No te amo-lo enfrentó Aníbal con dureza .Y como dije, no quiero lastimarte.

-Lo sé. Te suplico que probemos una vez más. Por favor-rogo mirándolo con sus cálidos ojos color avellana.

-¿Tanto me amas?-susurró Aníbal comenzando a pensar si no sería buena idea dejarse querer por ese cálido hombre.

-¿Me humillaría de esta forma si no fuera así?

-Está bien, probaremos. Pero recuerda: Esto podría no resultar como tú deseas –reiteró Aníbal a su antiguo amante.

-Lo tengo claro. Y prefiero arriesgarme.

-De acuerdo-asintió Aníbal besándolo con fiereza mientras lo guiaba al dormitorio intentando ignorar a su conciencia que no estaba de acuerdo con la idea.

"Ofrecer amistad al que pide amor es como dar pan al que muere de sed"
 Ovidio

<u>Capitulo IX</u>

La rutina parecía retomar su curso y Aníbal alternaba sus días entre el trabajo y las visitas de Rodrigo. Habían decidido vivir cada uno en su casa, para no apurar las cosas e intentar reconstruir lentamente el vínculo "afectivo "que alguna vez tuvieron.

-Sería una locura mudarnos juntos sin saber que puede pasar-se excusaba Aníbal cada vez que el joven proponía mudarse con él. Será mejor quede deje de pensar en esto y atienda el teléfono que hace rato está sonando. Es Malena –afirmó contemplando el número de su exesposa en la pantalla. Buenos días-saludó a la mujer con la cual había logrado restablecer una relación de amistad.

-¿Cómo has estado?-preguntó esta.

-Tratando de salir adelante.

-También yo, cada día un poco más fuerte –acotó Malena.

-Me alegra escucharte-afirmó Aníbal.

-Gracias. Supe por Leonor que habías retomado tu relación con Rodrigo.

-Vino a buscarme en cuanto se enteró que estaba solo, y decidí darnos una nueva oportunidad.

-Hiciste bien. Es un buen muchacho-. Tal vez lo que tú precisas: amable, simpático, educado. Y te ama mucho, sin duda, la persona ideal para alguien como tú.

-"¿Pero qué siento yo? – se cuestionó el hombre silenciosamente.

-¿Estás allí?-preguntó Malena al no escuchar la voz de su exesposo.

-Sí, perdona. ¿Daniel bien?-preguntó por el hombre con el cual Malena había comenzado a salir nuevamente.

-Así es-respondió con gentileza. Desde que tú y yo…nos separamos hemos pasado mucho tiempo junto. Estoy muy cómoda a su lado.

-Y él contigo... Estoy seguro de que serán felices ¿Qué tal los chicos?

-Imagino que te refieres a Ademar, con Leonor te ves con frecuencia.

-Es cierto-aceptó el hombre.

-No sé qué decir. Parece peleado con el mundo, pero eso había comenzado antes que nosotros dejáramos. No estudia y pasa mucho rato en esa plaza. Trato de no contradecirlo, porque en cuanto digo algo que no le gusta se va.

-Te confieso que lo he llamado varias veces y no me atiende. No sé qué más hacer.

-Por ahora nada .Ante que me olvide, el próximo sábado festejaremos en casa el cumple de Daniel. Quería invitarte a venir, con Rodrigo, si lo deseas.

-¿Crees que será buen idea?-preguntó el hombre.

- Claro que sí. Daremos un buen mensaje a los chicos, y a todos nuestros amigos .Estará papá.

-No soy precisamente su ídolo-rio Aníbal por primera vez.

 -Está tranquilo, especialmente al ver que poco a poco voy recobrando mi estabilidad .Y tiene gran aprecio por Daniel.

-Eso es bueno -asintió Aníbal.

-Ani-titubeó la mujer sin a reverse a hablar.

-¿Si?

-Me quedé pensando que no te siento entusiasmado con tu nueva relación. Si piensas que no marcharás…los de afuera somos de palo. Recuerda todo lo sucedido por tu mala elección, sería terrible que te volviera a suceder.

-No fue una mala elección-refutó .Fui muy feliz contigo y los chicos.

-Salvo que viviste demasiados años en una cárcel por un delito que no cometiste. Rodrigo es un hombre bueno, y merece que lo amen. Pero tú también.

-Gracias por tus palabras-rompió el hombre a llorar. Y puedes estar segura que voy a pensarlo. Como bien dices, no puedo volver a equivocarme. .

-Te espero el sábado, y cuenta conmigo para lo que precises.

-Muchas gracias. Eres una mujer admirable, también mereces lo mejor del mundo. Ojalá las cosas hubieran sido distintas.

-Pero no lo fueron, y ahora debemos continuar– sonrió del otro lado el teléfono.Todos merecemos ser felices. Te dejo, llega Leonor.

-Saludos. Nos vemos el sábado-finalizó el hombre.

-"Malena tiene razón. Rodrigo es un gran compañero pero, sigo amando a Darío. No puedo negármelo, sé que no me conviene, pero, ¿Cómo arrancarlo de mi corazón? Ni siquiera recuerdo haber amado a Pedro de la forma que amo a ese loco. Debo tomar una resolución respecto a Rodrigo antes que las cosas lleguen a mayores. Esta noche cenaremos juntos, y se lo insinuaré; él sabía en lo se estaba metiendo, jamás le mentí...

Como presintiendo lo que sucedería, esa noche, Rodrigo no dejaba de parlotear mientras esperaban que le trajeran la comida.

-Me encantan los mariscos –comentaba el joven sentado junto a su amante en una pescadería ubicada cerca de la costa. Tuve una buena idea al elegir este lugar.

- *"Debo confesar lo que me sucede, o a cada momento será peor"*. Rodrigo, tenemos que hablar-afirmó cobrando coraje.

-¿Sobre qué?-preguntó el hombre fingiendo ignorar la actitud de su acompañante.

-Eres una gran persona –comenzó sin ver a la pareja que caminaba hacia ellos.

-¿Papá? ¡Qué sorpresa !-exclamó Leonor besando a Aníbal. ¿Cómo has estado Rodrigo?

-Muy bien –sonrió el hombre.

-Les presento a mi amigo Mateo –murmuró la joven señalando a un joven de cabello multicolor y varias caravanas en las orejas... Vinimos comer algo y luego iremos a un recital de rock. Es mi padre y su novio-anunció Leonor a su acompañante.

-Me di cuenta-respondió el joven dejando ver una enorme sonrisa.

-¿Gustan sentarse?-agregó Rodrigo prensando en una buena oportunidad para posponer lo inevitable.

-No queremos molestar-señaló Leonor contemplando a Mateo que levantó los hombros en señal de indiferencia.

-Siéntense-afirmo Anibal.Será un placer cenar con ustedes.

-¿Mate?-preguntó la joven.

-Todo bien-afirmó este sin dejar de sonreír.

-De acuerdo-asintió Leonor ubicándose al lado de su padre, mientras una animosa conversación se entabló entre Rodrigo y los recién llegados.

-El sábado es el cumple de Daniel, mamá dijo que les avisaría-comentó la muchacha saboreando un trago de gaseosa.

- Así fue, me lo comentó hace unas horas-respondió Aníbal observando el rostro contrito de su amante.

-No me habías dicho nada -rezongó Rodrigo haciéndose el enojado.

-Iba hacerlo, pero no tuve tiempo-mintió el hombre arrepintiéndose inmediatamente de sus palabras.

-¿Irán verdad?-insistió la joven sin imaginar lo que estaba por acontecer entre la pareja.

-Claro, hija. Será una buena oportunidad para conversar con tu hermano-asintió teniendo claro que no podría negarse. *"Salvo que me surja una buena excusa, como trabajo, por ejemplo. ¿Pero con qué objetivo?*

-¡Quién sabe si va!, ya te habrá dicho mamá que está muy extraño. Hasta compró auto sin trabajar.

-Intentaré averiguar que le ocurre. Quizá tenga algún empleo y no quiera decirles.

-Lo dudo. La otra vez lo vi en la famosa plaza del barrio, con Darío, el hermano de Marité .Perdón, no debí mencionarlo-se disculpó la joven con Rodrigo.

-¿Que haría Darío en ese lugar?-se sobresaltó Aníbal.

-Eso es lo que yo me pregunto. Y lamento haber traído a colación ese tema.

-Deja de preocuparte, eso terminó hace tiempo. Además, debemos averiguar con quien se junta tu hermano.

 -Es mayor de edad, tal vez dabas dejarlo que resuelva sus asuntos como crea conveniente – comentó Rodrigo sin ocultar su molestia.

-Eso debo decidirlo yo que soy el padre -lo rezongó el médico.

-¡Hora de irnos o se nos hará tarde!-exclamó Leonor al ver que su compañero comenzaba a moverse inquieto en la silla. Pediremos la cuenta.

-Deja, yo invito-asintió Aníbal indicando a los jóvenes que guardaran el dinero. Tómense un helado con lo que hubieran gastado.

-Pero, papá, no corresponde- protestó la chica seguida de Mateo.

-Nos vemos el sábado .Y diviértanse –insistió Aníbal levantando la mano hacia los chicos.

-Gracias-lo besó Leonor con fuerza. Adiós, Rodrigo –agregó mientras Mateo se despedía de su padre.

-Son encantadores –susurró Rodrigo contemplándolos alejarse tomados de la mano.

-Así es. Esos pelos azules que tiene el chico son un poco escandalosos pero, bueno, ella está feliz.

-Eso es lo que importa-añadió Rodrigo. Y ahora que los chicos marcharon, ¿de qué querías hablarme?

-Lo dejaremos para otro día, me duele la cabeza. Te   llevará a tu casa, mañana trabajo temprano.

-Pensé que pasaríamos la noche juntos.

-Hoy no, ya te dije me siento mal.

-Puedo quedarme a cuidarte.

-Prefiero estar solo, todavía no me repongo de todo lo sucedido. Hoy pago yo, llamaré al mozo así nos vamos.

-Te impactó escuchar de Darío-agregó Rodrigo con melancolía.

-Me preocupa Ademar, pero tú no eres padre así que no puedes saberlo. Lo lamento, no quiero ser grosero. Vamos de una vez –reclamó el hombre observando los oscuros ojos del mesero que parecían sonreírle.

El moderno Fiat Strada de Aníbal recorrió las calles velozmente hasta llegar a la casa de Rodrigo.

-¿No deseas pasar?-insistió el joven una última vez.

-Debo descansar .Nos comunicamos en unos días.

-Te noto extraño, parecía que querías decir algo importante cuando llegó tu hija con el novio.

-Olvídalo. En verdad tengo mucho sueño

-Bien, quedo a la espera. No olvides que el próximo sábado es el cumpleaños de Daniel.

-Lo tengo claro, arreglamos en la semana.

-Espero verte pronto—comentó Rodrigo abriendo la puerta del vehículo.

-Trataré –asintió Aníbal conteniendo su impaciencia.

-Que descanses -susurró un cabizbajo Rodrigo, comprendiendo, que, definitivamente, algo no estaba bien.

Aníbal se aseguró que el hombre entrara en su edificio y tras despedirse con un bocinazo, arrancó nuevamente al boliche donde habían cenado. El local estaba casi vacío a esa hora, por lo que no le costó nada encontrar al mozo que los había atendido.

-Disculpa, creo que dejé olvidado mi paraguas – mintió acercándose al mostrador donde este esperaba unos platos.

- No vi nada, pero en quince minutos termino y me fijo bien .Si quieres, voy hasta tu coche para avisarte el resultado de mi búsqueda-susurró el hombre seductoramente.

-Excelente, es aquel azul- señaló Aníbal sintiendo que la adrenalina corría por su piel

-Sé cuál es. Voy enseguida-sonrió perdiéndose en la cocina.

-*"Rodrigo no merece que le haga esto, debo hablar con él antes que se trasforme en una nueva víctima"*-susurró observando el sudado cuerpo del extraño que dormitaba en su cama.

-¿En qué piensas?-preguntó su nuevo amante besándole la espalda.

-En ti –volvió a la cama sintiendo que el deseo invadía nuevamente a su cuerpo.

Tal como había quedado, Aníbal pasó a buscar a Rodrigo para ir al cumpleaños de Daniel.

Había pensado en decirle que ese día trabajaba, pero finalmente decidió hablar con él apenas la reunión terminara.

*"Lo estuve evitando toda la semana, no es tonto,
se debe imaginar que algo no está bien"*-pensó
Aníbal esperando que el hombre bajara de su
apartamento.

-Hola, ¿cómo has estado? –preguntó Rodrigo
besándole la mejilla.

-Con mucho trabajo, ¿y tú?

-Mejor ahora que te veo-respondió.

-Eres muy amable-acotó Aníbal manteniendo
enseguida un obstinado silencio.

-Estás demasiado callado -comentó Rodrigo
durante el trayecto hacia la casa de Malena

-Puede ser, ahora no te preocupes-respondió
Aníbal sin querer amargar a su acompañante.

*"Sabe lo que pasa entre nosotros, pero finge
ignorarlo. Por eso debo ser claro y preciso"*
Minutos después, el chofer estacionó el auto y
tocó timbre en lo de su esposa. El mismo Daniel
fue el que atendió la puerta, dejando a Aníbal
descolocado al encontrarse directamente con su
amigo con quien no se había cruzado desde la
separación.

-¿No hay un abrazo para el cumpleañero?-
comentó este tratando de cortar el hielo.

-Te extrañé -respondió Aníbal abrazándolo

-Cuidado, bestia. Siempre fuiste más grande
que yo. Hola, Rodrigo-sonrió besando al hombre
que esperaba detrás. ¡Entren de una vez!

-Tu regalo-acotó Aníbal entregándole una
botella de vino fino que había comprado
especialmente para la ocasión.

-Muchas gracias. Lo guardaré para beberlo
juntos-afirmó Daniel guiñando un ojo.

-Bienvenidos –exclamó Malena al verlos entrar.

*"Allí está tu hijo, aprovecha a ver si puedes
sacarle algo"*-murmuró en el oído de Aníbal
acaparando a Rodrigo para que su ex pudiera
acercarse al joven.

-Voy enseguida-asintió el hombre contemplando
a Ademar que no dejaba de hablar por teléfono.

-Genial-asintió esta. Ven, Rodri, te serviré algo
fresco.

-Hola, hijo. ¡Qué gusto encontrarte! Hace
demasiado tiempo que no nos vemos.

-Tienes tu oportunidad para investigar mi vida. Imagino que es lo qué mamá te pidió –comentó este con frialdad.

-No es momento, me gustariá vernos en privado, explicarte lo sucedido.

-Tengo todo claro, deja preocuparte y disfruta tu vida-respondió   el joven abriendo una ventana para fumar.

-No sabía que fumabas.

-Hay tantas cosas que no sabes de mí-acotó burlón.

-Nunca quise hacerte daño.

-¿Sabes lo que realmente me molestó? –ironizó el joven. No que fueras Gay, sino que lo ocultaras todos estos años.

-Ya pedí perdón ¿Qué más puedo hacer? Un minuto -añadió escuchando sonar su celular.

-Por cierto, tu gran amor se volvió un gran amigo. Una pena que justo lo cambiaras por ese infeliz con el que duermes ahora.

-¡No te permito   que hables así de Rodrigo! – rugió atendiendo el teléfono que continuaba vibrando en el bolsillo de su pantalón. Buena noches –respondió al desconocido número.

-Buenas. Quisiéramos hablar con el Señor Aníbal León.

-Soy yo. ¿Con quién tengo el gusto?

-Soy el Doctor Mitch, del Hospital Central. ¿Conoce usted a Darío Miele?

 - Digamos que es un viejo amigo ¿Qué le sucedió?-preguntó alejándose de Ademar.

-Tuvo un terrible accidente en una moto. Tenía sus datos en el celular, por eso nos atrevimos a ubicarlo.

-Hicieron bien ¿Cómo está?-se atrevió a preguntar.

-Recién salió del CTI , tuvo una conmoción cerebral y fracturas varias en la piernas .Pero vivirá.

-Voy para allí inmediatamente... Gracias por avisar-asintió Aníbal dirigiéndose a la puerta.

-¿Qué sucede?-lo interceptó Rodrigo al verlo pasar apurado sin siquiera echarle un vistazo para avisarle que se iba.

-Darío tuvo un accidente y está mal. Dio mi nombre en el Hospital-explicó avergonzado.

-Pero él no tiene nada que ver con nosotros-tartamudeó el hombre.

-Rodrigo, yo…Hace tiempo que quiero hablar contigo y de una u otra forma no lo logro. O quizá me ha faltado el valor.

-Entiendo, lo sigues amando. Ve, apúrate, seguro te estará esperando. Fui un tonto al pretender que lo habías olvidado-vociferó empujando a su amante.

-Luego te llamo-susurró este retomando su camino.

-No te preocupes gritó al aire sintiendo que sus ojos se humedecían.

-¿Quieres un vaso de agua?-escuchó la suave voz de Malena que se encontraba parada a un costado.

-Mejor algo fuerte. Lo necesitaré –asintió Rodrigo   girando su cuerpo para enfrentar a la mujer que lo abrazó con fuerza...

-Vamos a la cocina .Hay demasiada gente aquí- susurró esta ignorando el asombro en el rostro de los presentes.

Ademar apagó su pucho y gruñó de rabia porque su padre lo había abandonado nuevamente por la misma persona.   Instantes después el también había desaparecido.

-Y lo más triste es que no sabe quién es realmente Darío Miele-masculló perdiéndose en las oscuras calles.

"Hay amores tan bellos que justifican todas las
locuras que hacen cometer".
Plutarco

Capítulo X

Aníbal llego rápidamente al Sanatorio y comprendió que por mucho que hicera, sería imposible quitar a Rodrigo de su corazón .No podía esperar el momento de volver a encontrarse con Darío, aun con todo lo que este le había hecho.

-Sé que soy un idiota, pero… ¡está destrozado!- pensó contemplando el magullado rostro del joven..

-Buenas noches-escuchó la voz de una persona que lo saludaba. Soy el Doctor Mitch, hablamos hace un rato. Imagino que usted es el Señor León.

-Mucho gusto-saludó. Veo que no exageró en nada respecto a las condiciones de Darío- comentó Aníbal señalando al joven.

-Así es, pero la sacó barata. Su compañero falleció en el acto.

-¿Cómo fue el accidente?

- Iban alcoholizados y chocaron contra un camión detenido ante un cartel de pare, el golpe fue terrible. Conducía en plena Avenida a toda velocidad una moto Yamaha YZF R1, suponemos que perdió el control y no pudo frenar.

-¿Él conducía?-titubeó Aníbal.

 -No, su acompañante, Darío salió despedido de la moto y cayó contra el vidrio de una florería. Por milagro no partió el vidrio y se destrozó el rostro con los cristales.

-Que disparate-tartamudeó Aníbal sacudiendo desconsolado la cabeza.

-Ya lo creo. Darío tiene antecedentes por consumo de estupefacientes con varias entradas en diferentes clínicas. Su familia no quiere saber nada con él, por eso la única persona que quedaba era usted. Imagino que tampoco se querrá hacer cargo -continuó hablando el doctor.

-¿Qué sucede en este caso, digo si no parece nadie que se lo lleve?-preguntó Aníbal pensativo.

-Ira a un clínica de desintoxicación estatal hasta que se mejore y luego quedará en algún albergue .En la pensión nos llamaron que no lo quieren más, en cuanto termine los días que ya pagó tirarán las cosas a la calle. Parece que ya tenía bastante cansada a la dueña por las escandalosas visitas que recibía.

-Soy médico, y además vivo solo. Me haré cargo de Darío-se decidió al escuchar esas palabras.

-Imaginé algo así, Doctor León.

-Parece que me conoce –afirmó extrañado.

-Fui su practicante cuando ingresé a la Facultad .Sus clases de anatomía eran fascinantes. Una pena que haya dejado la cátedra.

-En verdad, me especialicé en cardiología y cando obtuve un cargo full time no tuve más remedio que abandonar. Pero me hiciste recordar cuanto me gustaba dar clase - reflexionó el hombre con nostalgia.

-Nunca es tarde, muchos estudiantes podrían beneficiarse con sus conocimientos.

-Lo pensaré. Pero volviendo a nuestro asunto quisiera saber cuándo le darán a Darío de alta y donde queda la pensión para retirar sus cosas.

-Lo verán otros especialistas pero si todos los estudios siguen saliendo bien, el próximo fin de semana debería poder ir a casa .No podrá caminar por varios meses, por lo que necesita ayuda permanente.

-Me encargaré de todo. Te agradezco me digas la dirección de su domicilio, así voy a buscar sus cosas de camino a mi domicilio.

-Perfecto. Avisare en enfermería sobre su presencia y regreso en seguida .Lo dejo con el herido, que seguramente dormirá hasta la mañana.

-Imagino que debo pagar la atención en este lugar -comentó Aníbal.

-Increíblemente el accidentado tenía un subsidio sustentado por la última clínica que estuvo y le cubre hasta fin de mes. Fue lo último que le pagó su padre.

-Bien, mañana mismo lo asociaré –asintió sentándose al lado de la cama escuchando el monótono aparato que controlaba el funcionamiento del corazón.

-Entonces ya iré pidiendo que le prepararen las fichas-afirmó el Doctor marchándose.

-Algo más, ¿Qué sucederá con el otro chico? ¿Tiene familia?

-Nadie respondió. El Municipio se hará cargo de su entierro si en las próximas horas no ubicamos a algún pariente ,cosa que dudo. Con permiso.

- Mira como terminaste, Darío. Nada que ver con el joven del cual me enamoré-suspiró Aníbal rozándole afectuosamente la mano. Y pese a todo, te sigo queriendo. Eso me recuerda que debo hablar con Rodrigo.

-Aquí traigo el número del sitio donde vive el joven. Buena suerte. Mañana le indicaran sobre las curaciones y todo lo referente a su tratamiento-comentó el médico interrumpiendo los pensamientos de Aníbal.

-Gracias por todo. En un rato pasaré a buscar su pertenencias-asintió este.

-Doctor-afirmó Mitch deteniéndose en la puerta.

-¿Si?-preguntó este mirándolo fijo.

-Ojalá algún día encontrar alguien que me amara como usted a ese chico. Puede buscarme para lo que precise, este es mi número de celular

-No pensé que fuera tan notorio-balbuceó el hombre estirando su mano para tomar el papel.

-Lo es. Nadie viene tan rápido sino siente "algo especial" por el paciente, además sus ojos brillan cuando lo mira. Esperemos ese afortunado sepa corresponder a su afecto.

-¡Qué más quisiera!-dudó Aníbal.

La noche transcurría serena en el momento que Aníbal bajó en la mísera pensión.

-Este lugar es de los peores que he visto en mi vida, espero no me hagan problema para retirar sus pertenencias-susurró tocando timbre.

-Hola-lo saludó una mujer medio dormida.

-Buenas .Soy amigo de Darío Miele y vengo a buscar sus cosas.

-Ah, si el drogadicto. Espere un momento.

-Aquí me quedo -asintió el hombre tratando de mantener la serenidad

-Aquí tiene, y espero no volver a verlo nunca más por aquí o tendré que denunciarlo. Descubrí que me faltaron algunas joyas de mi madre, pero no tengo como comprobar que fue él.

-Entonces quédese con sus pertenencias y así recobrará parte del costo de las alhajas- sugirió el médico.

-Prefiero olvidarme de ese tipejo. Tenga cuidado, o le venderá toda la casa por un poco de merca. Usted me entiende- sugirió la desdentada mujer.

-Tome, es todo lo que tengo-comentó Aníbal sacando un dinero de su bolsillo.

-No me ofenda, soy una buena persona. Que tenga una pensión o este aspecto no quiere decir que sea deshonesta. Mi casa es un lugar de gente humilde, jamás imagine que Darío fuera un sinvergüenza. ¡Con esa carita de ángel me engañó!

-"A varios"- pensó Aníbal. Perdone, solo quise compensarla, jamás la ofendería.

- Usted parece ser una buena persona. Le deseo suerte, la precisará.

-"Ya van varia personas en pocas horas que me la desean" Pondré todo mi empeño para que este chico cambie .En parte soy culpable de su tragedia, nunca debí abandonarlo. Sin madre y con una familia autoritaria, ¿Qué podía esperar? Pero ahora será otra historia –intentó convencerse mientras discaba el número de Rodrigo.

-Hola, ¿Cómo está Darío?-preguntó este con frialdad.

-Muy lastimado, y no caminará por varias semanas.

-Supongo que lo llevarás a tu casa-arriesgó sin esperar respuesta.

-Rodrigo, sabes que nunca te prometí nada.

-Lo sé y no te culpo. Las ilusiones corrieron por mi cuenta. Te deseo toda la dicha del mundo – añadió el hombre antes de cortar.

-Rodrigo…también para ti-susurró comprendiendo que ya no había nadie del otro lado.

Una vez en su casa, Aníbal puso a lavar las pocas y gastados prendas de su amante al mismo tiempo que ordenaba el cuarto de huéspedes y mejoraba el baño para que estuviera cómodo.

-.Pediré unos días libres en el trabajo hasta que se aclimate-sonrió ilusionado.

Luego de tender la ropa se tiró sobre su cama intentando descansar, aunque tenía claro que no pegaría un ojo.

-Mañana iré primera hora para conversar con Darío. Hay muchas cosas que debemos aclarar -bostezó quedando finalmente dormido.

El joven estaba recostado sobre una almohada cuando Aníbal entró a la habitación con un ramo de rosas.

-Hola –saludo al recién llegado tímidamente. Me contaron todo lo que hiciste por mí. Y te lo agradezco, no me lo merecía.

-En eso coincidimos, pero algunos nunca aprendemos. Apenas te den de alta irás casa.

-No es buena idea, sabes que seguí consumiendo, estoy acusado de varios robos, y vaya a saber que más. Eres demasiado bueno para cargar conmigo y mis errores.

-Vivo en el apartamento que alquilé para los dos-comentó este sin poder contenerse. Y es demasiado grande para mí solo. Como mencioné, solo soy un pobre idiota que te sigue queriendo .No lo veas como una presión, podrás irte en cuanto te repongas, si eso es lo que deseas.

-¿M e quieres mucho, verdad?-sollozó el joven sin esperar respuesta.

 -Más de lo que crees –susurró Aníbal sentándose en el borde de la cama.

-No te defraudaré, lo prometo. Estoy un poco confundido, pero siento que...también te amo.

-Sin promesas –sonrió Aníbal besándole la frente. Paso a paso, tienes mucho que mejorar antes de pensar en mantener una relación amorosa. No hay apuro.

El médico nunca pensó ser tan feliz como lo fue en las siguientes semanas, al comprobar que Darío se iba convirtiendo en el joven que tanto había soñado.

Los compañeros de Aníbal aplaudieron su regreso al trabajo y muy pronto comprendieron, que sin duda, el joven era muy importante en la vida de su colega.

Todo parecía marchar perfectamente hasta la noche que Aníbal llegó antes de tiempo, cruzándose con unos extraños hombre saliendo de su apartamento.

--Hola-comentó besando cariñosamente a su amante. ¿Quiénes eran esas personas?

-Amigos que pasaron a saludarme-añadió con frialdad.

-Tenían un aspecto muy raro –insistió Aníbal frunciendo el ceño. Recuerda que estás siendo investigado.

-¿Tienes que recordármelo a cada rato? ¡Estoy harto de estar todo el día entre cuatro paredes!-gimió Darío parándose ayudado por la muletas que le había alquilado Aníbal.

-No fue mi culpa que condujeras alcoholizado-gruñó Aníbal arrepintiéndose enseguida de su explosión.

Enojado, el joven intentó llegar a su habitación y justo cuando tastabilló los firmes brazos de su protector los sostuvieron impidiéndole caer al suelo.

-Perdona-susurró Darío sollozando. ¡Soy un mal agradecido!

-Y yo no debo hablarte de esa forma -acotó Aníbal secando las húmedas pestañas del joven.

Los hombres fijaron sus mirada uno sobre el otro, y sin poder contenerse, Aníbal besó suavemente los labios de su compañero.

-Lo siento-intentó separarse el médico. No debí hacerlo, habíamos quedado en que no intimaríamos hasta que estuvieras completamente repuesto.

-No seas loco -sonrió el joven quitándose la remera .Ya era hora, pensé que pese a toda mis indirectas, jamás te decidirías.

-Pretendo que no te sientas obligado cuando hagamos el amor, si es que algún día sucede.

-¿Algún día? Creo que llegó el momento, Doctor León, salvo que ya no me desees.

-Te amo, Darío, desde que te conocí nunca logré sacarte de mi cabeza. Pero todavía estás convaleciente.

-Solo tengo una pierna enyesada, y será por unos días. Ven aquí, tonto-susurró arrastrándolo al dormitorio ocupado únicamente por Aníbal hasta ese mágico instante. "Quiero quedarme contigo"-susurró Darío apretándose contra el cuerpo de su amado.

Segundos después, un cálido silencio comenzó a flotar por la casa, solo interrumpido por los gemidos de placer que brotaban de los labios de la pareja.

- Nunca podría definir el cielo mejor que en este momento–susurró Aníbal acariciando a su compañero.

-Esto recién empieza. Déjame hacerte feliz una vez más, te lo mereces-sonrió Darío comenzando a acariciar nuevamente a su relajado amante.

El amor pareció regresar entre los dos hombres y el médico pensó que era el momento adecuado para proponer matrimonio a Darío.

-Malena ha reconstruido su vida y Leonor tiene novio, quien pese a su estrafalario atuendo, parece quererla mucho. Y en cuanto a Ademar, debo seguir teniendo paciencia hasta que decida abrirse-pensaba haciendo sonar la cajita con los anillos de oro que llevaba para proponerse a Darío. "Espero le guste la idea"-reflexionó sintiéndose desilusionado al no encontrar a su amante en casa.

-Parece que me dejó una esquela-balbuceó tomando un papel pegado en la heladera.

"Fui a ver un empleo de repartidor en un quiosco, llegó a eso de las veinte. Te amo."

- Mejor, esto me dará tiempo para hacer algunos preparativos. Veré quien llama, quizá sea Darío –suspiró observando en la pantalla de su celular el nombre de su hijo. ¿Ademar?- respondió entre asombrado y feliz.

-Papá, siento molestarte, pero estoy detenido en una comisaría. Necesito que alguien venga a pagar una fianza para poder salir. No me gustaría que mi madre se enterara, por eso… te molesté.

-Nunca me molestas Seguro se trata de un error --asintió el hombre intentando engañarse una vez más.

-No demores, esto apesta -afirmó como toda respuesta.

Apenas cortar, el hombre tomó las llaves de su vehículo y se dirigió sin titubear a la seccional indicada.

-Buena noches, soy el padre de Ademar León.

-Pase por aquí, está arrestado por venta de estupefacientes.

-No puedo creerlo-palideció Aníbal.

-Ningún progenitor puede creerlo cuando sucede-comentó la Oficial con seriedad. Sea duro, no permita que esto avance. Avisaré que llegó.

Minutos más tarde, Aníbal se hallaba ante el jefe de policía que ordenó traer a Ademar.

-El juez ordenó una fianza de ciento cincuenta mil pesos y un año de trabajo comunitario. Por ser la primera vez la sacó barata.

-Entiendo. Y me encargaré de que cumpla-afirmó el médico observando llegar a su hijo con la Oficial que lo había recibido.

-Perfecto. Agente, sáquele las esposas. Y usted, joven, firme aquí –añadió el jefe con severidad. En cuarenta y ocho horas debes venir por aquí para que te indiquemos donde comenzarás tu trabajo. Si no cumples, irás a prisión.

-Estaré atento, Señor, no se preocupe-confirmó Aníbal mirando a su hijo con severidad.

-No faltaré-masculló el joven siguiendo a su padre hacia la salida.

-Espero hayas escarmentado y no vuelvas reincidir-lo rezongó este una vez en la puerta.

-Insisto en que no le comentes a mi madre - asintió como toda repuesta. Ahora debo irme.

-¿Dónde vivirás? Tal vez sea mejor que vengas conmigo a casa, por lo menos hasta que te reorganices.

-Tengo donde ir. Saludos a Darío, espero que se cuide-asintió encendiendo un cigarro.

-No olvides presentarte a la hora señalada, sabes lo que ocurrirá si desobedeces-insistió Aníbal.

-¡Lo sé, lo sé! Deja de preocuparte-exclamó perdiéndose por unas solitarias callejuelas.

-¿Por qué habrá dicho eso sobre Darío? Seguro se enteró del accidente, según tengo entendido ellos fueron amigos, pero….no sé porque presiento que esas palabras tenían otro significado-reflexionó el hombre mientras caminaba directo a su automóvil.

*El verdadero amor no es el amor propio, es el
que consigue que el amante se abra a las
demás personas y a la vida; no atosiga, no aísla,
no rechaza, no persigue: solamente acepta.*

Antonio Gala

Capítulo XI

Aníbal se asombró al encontrar todavía el
apartamento oscuro ya que supuestamente,
Darío debería haber llegado hacia horas.
-Ni siquiera me envió un mensaje, ¿dónde
estará este muchacho?-se preguntó el hombre
intentando llamarlo una y otra vez. Lo tiene
apagado o sin batería-exclamó dejándole un
mensaje.
Cerca de la medianoche, estaba dormitando en
el sillón, cuando escuchó el ruido de la
cerradura y la puerta que se abría.
-Al fin llegas-gritó nervioso. ¿Dónde has estado?

-Trabajando. No pretenderás que sea tu esclavo.

-Jamás se me ocurriría algo así. Pero tuve miedo que te ocurriera algo, dijiste que estarías en casa a las veinte. Y todavía tuve una fea experiencia con Ademar.

-¿Y yo que tengo que ver con el loco de tu hijo? El celular se quedó sin batería. ¿Algo más?- acotó a la defensiva.

-Eres un ingrato, vivo para ti. Te traje en un momento límite de tu vida y me pagas de esa manera-gritó el hombre dado un puñetazo a la mesa.

-Al fin te sacas la careta, todo tiene un precio, ¿verdad?-respondió el joven entrecerrando sus fríos ojos.

-No, es así, maldito, ¡me sacas de las casillas!- gimió el hombre tirando la caja de los anillos contra el suelo.

-Me parece que está sonando el timbre –susurro Darío. Pero ¿Qué es esto?-titubeó inclinados a levantar el pequeño paquete, mientras Aníbal se dirigía a la puerta.

-Buenas noches, Señora Cata-escuchó que este saludaba a la vecina.

-Hola. Quería pedirles que bajen la voz o cierren su terraza. Ya van varias veces que sus gritos me despiertan a media noche.

-Disculpe, por favor-susurró este deseando que lo tragara la tierra. No volverá a ocurrir

- Sabe que los aprecio mucho, especialmente a usted –recalcó la mujer-pero estas...digamos "peleas" se han vuelto constantes y perturban a la vecindad.

-Tiene mi palabra de que no volverá a ocurrir

-Eso espero, ¿el muchacho está bien? –preguntó desconfiada al ver la hinchada mano de su vecino.

-Estoy pefectamente.Aníbal se golpeó contra un placar y yo grité del susto –explicó Darío apareciendo con una sonrisa de oreja a oreja.

-Me voy entonces-asintió frunciendo el ceño. Ya saben, no me obligue a presentar quejas ante la Comisión.

-No volverá a escucharnos.Mil disculpas- agregó Darío empujando suavemente la puerta, abrazando inmediatamente a su amado.

-Ya oíste a la vecina, nada de conventillos o nos echarán del edificio –acotó Aníbal separándose de su amante

-Perdóname. ¡No sé cómo pude ser tan estúpido! Abrí la caja y vi los anillos. ¿Qué puedo decirte para que me disculpes?

-Solo que aceptas casarte conmigo. Tenía pensado encargar algo especial para festejar el acontecimiento, pero no pudo ser-susurró bajando los ojos con tristeza.

-Aníbal, insisto: Eres demasiado bueno para mí. No te merezco.

-Yo decido eso, solo responde lo que te pedí.

-Acepto.

-Completa la frase.

-Acepto casarme contigo, y trataré de ser el marido que te mereces-lo abrazó el joven besándolo mentiras copiosas lágrimas rodaban por su rostro.

-Y por favor, si vas a demorar, avísame. No intento controlarte, solamente saber que no te ha sucedido nada malo.

-Lo prometo, ahora, pongámonos nuestras alianzas.

-Tengo la mano hinchada, no creo que mi anillo entre –comentó de pronto el médico.

-Pondremos hielo y aflojará. O yo tampoco utilizaré la mía hasta que mejores.

-De acuerdo-sonrió Aníbal besando emocionado a su compañero. Intentaremos más tarde, ahora pasemos a la "otra parte", las reconciliaciones son maravillosas.

-Deja que tu futuro esposo se encargue de ti-susurró desprendiéndole el cinturón. Y luego me contarás lo que ocurrió con Ademar.

-Dejemos eso para mañana –tartamudeó temblando de deseo. Disfrutemos el resto de la noche.

-Como diga, Señor-respondió este apretándose contra el ardiente cuerpo de su prometido.

Eran las ocho del mañana, cuando los hombres subieron al ascensor haciendo diversas bromas.

-Buenos días, Cata –saludaron al cruzarse con la vecina que estaba ocupada regando las plantas

La mujer respondió con un leve movimiento de cabeza y afirmó indiferente.

-Veo que su mano está mejor.

-Así es, nada que un poco de hielo no pudiera curar-levantó la palma moviendo los dedos.

-Me alegro, buena jornada –se despidió Cata regresando a su actividad mirando de reojo las alianzas que lucía la pareja.

-"Maricones locos, ayer casi se matan y hoy tienen un anillo de compromiso. La próxima llamo a la policía de entrada"

Habían llegado a la puerta de salida, cuando Aníbal comentó al pasar.

-Dime Darío, ¿tú conoces a Ademar de algún sitio en particular?-

 -Jugábamos al básquet en la plaza del barrio cuando éramos jóvenes –bromeó. ¿A qué viene esa pregunta?

-Olvidé comentarte que ayer cuando nos separamos en la comisaría envió saludos y me pidió que te cuidaras. Fue muy extraño.

-Vaya a saber, quizá recuerda nuestra vieja amistad. Allí está la camioneta del negocio, el chofer pasa a buscarme para enseñarme el recorrido del reparto -tartamudeó el joven.

-Si me dices donde queda el quiosco podría pasar a buscarte. Hoy salgo temprano.

-No te molestes, debo acompañar al chofer por el recorrido céntrico, así que en cuanto finalicemos me dejará en casa. ¡Deséame suerte!—exclamó levantando un brazo en señal de despedida sin prestar atención a la enigmática mirada que le enviaba su novio.

-La tendrás, avísame si te demoras.

-Sí, pa-carcajeó el muchacho

Aníbal comenzó a organizar la boda para mediados de verano, ya que era la estación que su novio prefería. Solía mencionar que amaba los días largos y cálidos, así como la liviandad de la ropa que debían utilizar.

-¿Te gusta el viernes quince o lunes dieciocho de enero? Un amigo que trabaja en el Registro Civil me dijo que en ese mes quedaban solos esas fechas-comentó el médico revisando su almanaque.

-Me da lo mismo –respondió Darío metiéndose en la cama. Elige tú., hoy me encuentro muy cansado.

-No te veo muy entusiasmado con nuestro matrimonio, quizá te estoy presionando demasiado. ¿Prefieres esperar?-preguntó bajando la voz.

-¡Claro que quiero casarme contigo! Es que no soy muy buen planificador de fiestas, lo dejo en tus manos.

-Pensé que te estabas arrepintiendo –sonrió más tranquilo. Pero me ayudarás con las tarjetas para la recepción, no te saldará tan barato.

-Me parece justo-bostezó acomodándose para dormir. En cuanto despierte, visitaré varias imprentas...

-¿Ha pensado en lo qué hablamos hace un rato?

 -No recuerdo a que te refieres-respondió Darío frunciendo el ceño.

-Mañana me voy a un curso hasta el domingo, o sea son cinco días. Tal vez te gustaría venir y conocer la ciudad, Rivera es muy hermosa, y puedes cruzar a Brasil. Quizá encuentres algo interesante para nuestra boda.

-Me encantaría, pero no puedo, este mes con el tema de las fiestas hay mucho trabajo. Pero mientras no estás me ocuparé de elegir las tarjetas.

-Como digas-aceptó Aníbal ocultando su desilusión. Dame un beso, me voy mañana temprano y no quiero despertarte para que me saludes.

El joven suspiró, y acercó sus labios a los de su novio.

-Cinco días pasan pronto. Y luego no volveremos a separarnos-añadió animado.

-Es verdad. Descansa, ya no te molesto más. Yo iré a preparar las cosas para la semana.-asintió cerrando la puerta para que la luz no perturbara a Darío.

-¿Estás seguro que no puedes dejar de ir? Tal vez podrías realizar ese curso en otra oportunidad-sugirió Darío sorpresivamente.

-Ya lo pagué, y me inscribí en el grupo de trabajo con dos compañeros. No puedo abandonarlos.

-Tienes razón. Salúdame antes de irte.

-Muy bien - asintió retirándose de la habitación. Se encontraba encendiendo el auto para partir, cuando apareció en la pantalla de su celular el número de su exesposa.

-Hola, Malena. ¡Qué raro tan temprano!

-Me dijo Leonor que te ibas al interior y no quería dejar de felicitarte por tu próxima boda antes de que partieras.

-Es cierto. A mediados del mes que viene – respondió el hombre ilusionado.

-Espero que todo sea como sueñas, como te comenté tantas veces, mereces ser definitivamente feliz.

-Lo seré, Darío está mucho más maduro y tan ansioso por casarse como yo.

-Me alegra escuchar eso-susurró la mujer sin comentar que Leonor había visto al joven conversando con unos malvivientes en la plaza cuando pasaba por allí a realizar un mandado.

-Debo dejarte, tengo que llegar a Rivera antes del mediodía. Pero hablamos a mi regreso.

-Algo más que me gustaría comentarte -susurró Malena.

-Dime –asintió Aníbal apagando el vehículo hasta terminar la conversación.

- Voy a ser madre, sé que soy mayor, pero Daniel no tiene hijos, y bueno, quizá sea una linda forma de comenzar nuestra vida juntos - afirmó Malena haciendo un súbito silencio.

-Me parece una excelente noticia. Extiende mis felicitaciones a Daniel.

-Gracias. Esperaba que esa fuera tu respuesta- suspiró aliviada por la rápida aceptación de Aníbal...

-¿Qué dijeron los chicos?

-Leonor encantada, ya está eligiendo nombres. Ademar no hizo ningún comentario, se fue sin decir una palabra –sollozó la mujer. ¡Cada día está peor, es como si nos odiara!

-En cuanto regrese hablaré con él, no tiene derecho a arruinarte la felicidad. ¡Tendrá que escucharme, al fin y al cabo soy su padre!

-Gracias por tu apoyo. Buen viaje.

-Es lo que corresponde, como te dije, también es mi hijo. Y nosotros nos conocemos hace mucho tiempo, Malena. Es bueno haber podido mantener una relación amistosa con todo lo ocurrido. Siempre te estaré agradecido por tu apoyo.

-Lo sé. Y por favor cuídate –suplicó esta sin animarse a comentar lo que sabía sobre Darío. "Quien sabe que puede pensar, además, puede que Darío haya ido nada más que de visita" – intentó convencerse la mujer.

Tres días más tarde Aníbal decidió dar por finalizado el curso.

-El tema de la boda, Malena con su bebé y la indiferencia de Ademar no me permite prestar la atención que corresponde a los ponentes. Además, el trabajo en equipo ya finalizó -suspiró comenzando a guardar sus pertenencias. Hoy hablé con Darío y no le comenté sobre mi llegada, así lo sorprenderé. Hay mucho que hacer, nunca debí dejarlo solo. Apenas amanezca, iniciaré el retorno. —sonrió acariciándose el anillo que brillaba sobre su dedo anular.

-¿Ni siquiera desayunas?-le preguntó uno de sus colega de grupo al verlo arrastrar su maleta hacia el auto.

-No, estoy muy nervioso y deseo llegar lo antes posible. Tomaré algo por el camino.

-Mira que el novio no huirá porque demores un rato más —bromeó este abrazándolo.

-Más le vale, estoy tan ansioso por casarme como un novio primerizo-asintió sentándose en su vehículo.

-Llámame cuando llegues a tu casa, estás muy distraído y me gustaría que llegaras entero. Te llevo el certificado de aprobación -se despidió el compañero alejándose del coche.

-Así lo haré, ¡hasta la vista!-exclamó el médico dirigiéndose hacia la ruta principal. Seis horas más tardes un entusiasmado Aníbal manejaba por los accesos de la ciudad cortando camino hacia su casa.

-Ardo en deseos de verte, querido. Jamás pensé que podría enamorarme de esta forma –susurró imaginando el magnífico futuro que le esperaba junto al amor de su vida.

"Por eso juzgo y discierno, por cosa cierta y notoria, que tiene el amor su gloria a las puertas del infierno".
  Miguel de Cervantes

<u>Capítulo XII</u>

Recién había pasado el mediodía cuando Aníbal logró estacionar su vehículo a media cuadra del apartamento.

-Parece que hoy todo el mundo se conglomeró en esta zona justo que yo no deseo guardar el auto. Tal vez Darío desee comer algo afuera para compensar estos días de separación-sonrió el hombre cargando su equipaje. Buenos días – saludó a Cata que conversaba animadamente con el portero.

-Buenas-saludó el empleado mirando de reojo a la vecina.

-¿Me pareció o este tipo saludó de una forma extraña?-pensaba Aníbal mientras esperaba el ascensor. Esa vieja chusma debe ser homofóbica, por eso tiene tanto problema con nosotros.

Seguía sumido en sus pensamientos, cuando el ascensor se detuvo frente a la puerta del médico.

-¡Que rara esta oscuridad! Darío abre todo en cuanto se despierta, y generalmente no duerme hasta tan tarde... ¡Y ese aroma tan repugnante!-musitó dirigiéndose a levantar las cortinas del living tropezando con un bulto que estaba en medio de la habitación. ¿Pero qué es esto?-rezongó al ver el bolso por culpa del cual casi cae. ¡Está todo hecho un desastre!-resopló enojado al ver la desprolijidad que había en el apartamento, especialmente los sucios ceniceros que parecían estar por todos lados. Parecen restos de cigarro de marihuana. Y allí en la papelera...preservativos. Debe haber invitado a algunos amigos para que le hicieran compañía y se excedieron-intentó tranquilizarse dirigiéndose hacia el baño. Por, Dios, más condones usados. ¡Sin duda hicieron una orgía en mi casa!- exclamó tirando un rollo de papel higiénico contra la pared

Estaba sentado en la tapa del wáter pensando que hacer, cuando escuchó que se abría la puerta y la conocida risa de Darío inundó el lugar.

-¡Qué raro!-creí haber dejado la ventana baja-
mencionó este lo suficientemente alto para que
las palabras llegaran a oídos de Aníbal.

-Hemos fumado tanto que ya no sabemos ni lo
que hicimos-exclamó otra persona. Eso sumado
a los tres días de intenso "cojinche " nos dejó
knockout- anunció la misma voz. ¡Vaya
despedida de soltero organizaste!

-Perdón, ¿Habrá una boda por aquí y no me
invitaron? Ni siquiera veo el anillo en la mano
del supuesto novio-silabeó Aníbal observando el
dedo vacío de Darío.

-Aníbal, ¿qué haces aquí?-tartamudeó el
muchacho sintiendo que el mundo se le venía
abajo.

-Vivo aquí. Pero parece que lo has olvidado.

-Déjame explicarte, no es lo que piensas-
balbuceo Darío caminando hacia su prometido.

-Mejor me voy-agregó el otro joven tomando
rápidamente sus pertenencias.

-¿Qué explicación puedes darme? Mi casa está
repleta de preservativos usados y porros a
medio fumar.

-¡No debiste marchar y dejarme solo!-rompió en llanto su novio .¡Te extrañé demasiado!

-¿Y por eso decidiste acostarte con otros tipos? ¡Eres un cínico!-vociferó el dueño de casa. No puedo pasar mi vida cuidándote, Darío. Eres un adulto.

-Lo sé-murmuró derrotado. Solo puedo pedir que me perdones y comenzar de nuevo.

-¿Otra vez, cuántas más, querido? Junta tus porquerías y vete .Saldré a dar un paseo para calmarme y cuando regrese, ya no estarás. ¡Dejé mi vida por ti!

-¿Acaso te lo pedí? —sollozó el joven Siempre dije que no era para ti. ¡Pero no escuchaste nada!

-Eso es verdad, fue mi culpa asumir que mejorarías -asintió Aníbal. Espero no volver a verte en mi vida.

-Lo intenté, pero no pude. La vida a la cual tú aspiras no está hecha para mí. Pero si te sirve de consuelo, te amo.

-Deja de repetir lo mismo y vete. ¡Has destrozado todos los sueños que había creado contigo!

-Tú lo has dicho, eran tus sueños, no los míos- insistió Darío.

-En unas horas regreso y no habrá rastros tuyos en esta casa. De lo contrario, tiraré tus pertenencias a la calle.

-No tengo donde ir y tampoco dinero. Déjame quedar unos días, hasta que encuentre un sitio. Por favor, Ani.

-No me llames de esa forma. Y esa ha sido mi última palabra, regreso en tres horas aproximadamente y no quiero nada que me recuerda tu pasaje por mi vida. Vende el anillo de compromiso, te alcanzará para pasar unos días en el mejor hotel. Y de paso buscar otro idiota como yo.

-Yo…no puedo hacerlo.

-Seguro lo cambiaste por droga, era demasiado lujo para un cerdo como tú.

-¿Quién te crees que eres para mirar a los demás por encima del hombro? ¡El gran cardiólogo Aníbal León, una eminencia, que ni siquiera sirve para complacer a su futuro esposo en la cama!-gritó el muchacho con rabia.

-Cállate, maldito prostituto-gritó dándole dos cachetadas. Eres un promiscuo, un degenerado, que ni la propia familia lo quiere. ¡Como pude caer tan bajo!

Pensar que me lo advirtieron y no quise escuchar.

-Querido, hablé sin pensar-susurró Darío bajando la voz. Te doy mi palabra, ¡no volverá a ocurrir algo como esto!

-¿Y qué palabra puede tener una inmundicia como tú? Me voy antes de que pierda el control y te mate- Sal de mi camino -recalcó Aníbal empujándolo con tanta fuerza que el joven golpeó su cabeza contra la afilada punta de una mesa.

-¡Por Dios! Me sangra la cabeza-exclamó Darío sosteniéndose en una pared. ¡No puedo irme así! Estoy mareado.

-Lo hubieras pensado antes. No puede ser tan grave, pero tienes agua oxigenada en el botiquín --exclamó dando un portazo sin prestarle atención.

-Pobre vecino, finalmente ese tipo que vive con él lo enloqueció .Casi tira mi pared abajo con los golpes, espero el muchacho se encuentre bien -murmuró Cata atemorizada por las amenazas del hombre.

Aníbal comenzó caminar sin rumbo por las calles intentando dilucidar cómo resolvería su futuro a partir de ahora.

-Ese hijo de puta, mi existencia ha sido un calvario desde que lo conocí ¡Y lo peor es que no escarmiento!- gimió sentándose en el banco de un concurrido parque.

-¿Precisa ayuda?-preguntó una señora que pasaba con un perrito.

-No, ya estoy bien. Un disgusto familiar-asintió agradeciendo a la mujer que siguió su camino al escuchar la explicación.

Rato después, el médico miró el reloj y vio que el plazo señalado había terminado.

-Hora de regresar, espero que el maldito se haya ido. Me ahorrará otro mal momento- reflexionó tirando su anillo de bodas en la cesta de un indigente que pedía monedas.

-¡GRACIAS! -gritó el hombre juntando sus cosas para salir corriendo con su inesperado botín.

-Seguro usted le dará mejor utilidad-masculló ante el asombrado linyera.

Estaba por cruzar la calle en el momento que le pareció reconocer la figura de Rodrigo, detenida bajo las ramas de un árbol.

-¿R –rodrigo? –balbuceó observando al hombre que no dejaba de mirar hacia los costados como esperando a alguien. Había caminado unos metros para saludarlo, cuando se detuvo al divisar a otro hombre que corría apresurado hacia este.

-¡Al fin llegas!-voló su voz al viento. Pensé que te habías arrepentido.

-Nunca –agregó el recién llegado tomándolo en sus brazos para besarlo. Sería como dejar de respirar.

-Eres un zalamero-sonrió Rodrigo deteniendo fugazmente su mirada sobre el individuo que caminaba rápidamente en sentido contrario.

-*¿Aníbal?*-pensó. ¡Estoy delirando! ¿Qué haría él por aquí?- caviló estupefacto.

-Parece que has quedado pálido, como si hubiese aparecido un fantasma delante de tus ojos -bromeó su acompañante.

-Casi algo así, te contaré todo mientras caminamos –asintió Rodrigo recobrando la atención en su enamorado que le pasó cálidamente un brazo sobre los hombros.

-Por suerte ni me acerqué, le hubiera dado lástima .Parezco un deshecho humano-murmuró alejándose rápidamente sin imaginar que su viejo amante lo había visto.

El médico entró nuevamente a su apartamento y sintió que comenzaba subirle la presión al contemplar las pertenencias de Darío desperdigadas de la misma forma que horas atrás.

-¿Todavía no te has ido? ¡Parece que no entiendes el español!-gritó zamarreando al joven que parecía dormir recostado a una pared. Y todavía drogado- lo empujó para despabilarlo. ¿Darío? ¡Despierta! ¡Está muerto, lo maté!-sollozó separando del cuerpo las manos cubiertas de sangre. Temblando, llamó a la policía y sin dudar, afirmó:

-Soy Aníbal León y he asesinado a un hombre. Sí, estoy seguro-comenzó a llorar dejando caer el teléfono al suelo.

La policía llegó casi enseguida y tras un exhaustivo análisis de la escena del crimen, esposó a Aníbal que no opuso resistencia.

-Tiene derecho a un abogado-comenzó el agente a recitar el conocido repertorio, al mismo tiempo que los vecinos del barrio comenzaban a concentrarse alrededor de la puerta del edificio.

-¡Ya sospechaba un final así!-exclamó Cata saliendo de su casa al escuchar el alboroto.

Sin oponer resistencia, el médico subió al coche policial, y sonrió amargamente, al ver a la excitada mujer, que no dejaba de conversar con la policía.

-Seguro les está contando sobre nuestra permanentes peleas, debe haber oído que lo amenacé de muerte. ¡Al fin tiene sus cinco minutos de fama!

-¿Dónde está su abogado?-preguntó el juez horas más tarde.

-No tengo, soy culpable del asesinato de mi amante.

-Aquí estoy, soy el Doctor Shúber Smith – apareció un hombre en ese preciso momento. Mi cliente está muy nervioso, y no sabe lo que habla .Su esposa me contrató.

-¿Está de acuerdo?-preguntó el juez mirando al acusado con seriedad.

-Yo…si-aceptó Aníbal mirando a la ceñuda mirada del profesional.

-¿Cómo se enteró Malena?-preguntó en cuanto quedaron solos.

-Estás en todos los informativos, casi se desmaya con la noticia-susurró el profesional. Ahora, me contarás que fue lo que sucedió.

-No debió molestarse, no tengo futuro- cayó sobre una silla tomándose el rostro con las dos manos.

-Comienza, por favor-reiteró el profesional con paciencia.

Las pruebas encontradas determinaron que las huellas del Aníbal estaban esparcidas por una gran parte del cuerpo de Darío, y tras una intensa deliberación, el juez dictaminó en primera instancia, homicidio culposo.

-Te llevarán al Penal de Solís. Pero ya solicité la reapertura del caso. Voy agotar todas las posibilidades para sacarte de la cárcel, en cuanto salga de aquí me pondré en la búsqueda de nuevas pruebas.

-No te molestes, yo lo asesiné involuntariamente al tirarlo contra la pared y dejar que se desangre.

-Veremos. En fin, por ahora nada más podemos hacer.

-Doctor-se acercó un policía interrumpiendo la conversación .Tenemos que trasladar al prisionero.

-Entiendo. No te rindas, debemos seguir luchando. Esto no acaba aquí.

-Dale las gracias a Malena. Pero, ¿de qué me sirve quedar libre? De cualquier forma estoy muerto en vida –susurró Aníbal.

-Ese tipo era un delincuente, ¿acaso sabías que vendía droga? Pertenecía al clan de Pipo Bushi.

-Él me dijo que trabajaba en un quiosco-acotó Aníbal pensando en que nunca había visitado el local donde se desempeñaba su amante.

-Estoy seguro de que tu único delito fue confiar en quien no debías –comentó el abogado.

-¿Y el amor no se trata de confiar?-lo retrucó el médico.

-Solo si la persona se lo merece, mi amigo- respondió el abogado golpeándole la espalda. Pero lo hecho, hecho está.

-Doctor, por favor-recalcó el agente.

-Perdón, ya me voy. Pronto estarás fuera, confía en mí.

El coche policial se detuvo frente a los portones de acero del Penal Solís y solicitó ingreso.

Aníbal contempló las sucias paredes exteriores y las pequeñas ventanas negándose a creer que muy pronto sería un engranaje más del lugar.

Bajo el intenso griterío de algunos presos, descendió de vehículo y fue llevado a una pequeña habitación donde le indicaron que debía dejar sus pertenencias.

-¿Puedo quedarme con un llavero que me regaló mi hija?-preguntó el hombre sacando de su bolsillo la preciada pieza...

-Lo siento-acotó la mujer. No puede llevar nada. Aquí tiene el uniforme del penal, si no le sirve el talle se lo cambiaré – agregó con tristeza.

-Muy amable-asintió Aníbal.

Una vez listo, el Doctor León fue llevado a una austera celda donde-si no ocurría un milagro-debería trascurrir su próximos años.

Totalmente desmotivado, se tiró en una tabla que parecía oficiar de cama y cerró los ojos, para no escuchar las asquerosas invitaciones que le gritaban los otros reclusos.

-Hola, veterano, es un placer conocerte. Espero disfrutes tu estadía en nuestro hotel- fue lo último que escuchó antes de que un guardia ordenara silencio.

-No sé si resistiré a esta prueba. Todo esto…es muy difícil; jamás hubiera imaginado tener que vivir algo así –sollozó dando rienda suelta a la desesperación.

Amar no es mirarse el uno al otro; es mirar juntos en la misma dirección. Antoine de Saint-Exupéry

<u>Capitulo XIII</u>

-Te veo muy bien —sonrió Aníbal a Malena quien dos días después había concurrido en el horario de visita.

-Gracias. Quisiera poder decir lo mismo, pero mentiría. Solo te pido que tengas confianza. Saldremos adelante.

-Gracias por tu ánimo. Pero maté a un hombre y debo pagar. Es lo que corresponde.

-Te conozco bien y sé que eres incapaz de algo así, lo que sucedió fue accidental por culpa de las actitudes de ese depravado, quien tiene un pasado muy escabroso: droga, hurtos. Y vaya a saber que más...

-Sea como sea, lo dejé morir. Estaba desangrándose cuando me fui y no le di corte - acotó amargamente.

-Fue su culpa, era un mentiroso, yo tampoco le hubiera creído. El Doctor Smith hará todo lo posible para sacarte de este terrible lugar.

-Gracias por no abandonarme Tampoco me porté de la mejor manera contigo. Supongo que como dice la vida es un boomerang. Estoy pagando mis crueles actitudes.

-Eso quedo atrás, si hace años yo hubiera respetado tu orientación sexual esto no habría pasado.

-Vaya a saber. ¿Y Leonor?

-Está muy angustiada, en cuanto se recupere del disgusto piensa a venir a verte

-Dile que todavía no lo haga. Necesito adaptarme- si eso es posible -a este lugar. Y me da vergüenza mirarla a los ojos en estas condiciones. Lo mismo para Ademar.

-No quiero amargarte, pero nuestro hijo está desaparecido. Hace una semana se fue de viaje y todavía no volvió. Ni idea en que puede andar.

-Pobre muchacho, le pegó mal mi "salida"- suspiró Aníbal.

-Su locura había comenzado desde antes que supiera que eras Gay. Lamentablemente, las malas juntas lo llevaron por mal camino. Parece que nuestra hija lo vio no hace mucho varias veces en compañía de Darío, no me extrañaría que estuviera mezclado en los mismos negocios.

-¿Por qué nunca me lo comentaste? Creí que esa amistad había terminado.

-¿Me hubieras creído? Seguramente pensarías que quería separarte de tu amado.

-Tienes razón, ese muchacho logro embrujarme. Me volví un verdadero idiota.

-Yo diría que te enamoraste, ni más ni menos- sonrió Malena.

-Eres muy amable al tratar de consolarme- comentó el médico escuchando el anuncio del guardia indicando que la hora de vista había terminado.

-Debo irme, pero regresaré en cuanto pueda-se levantó la mujer.

-Malena, escúchame por favor -rogó Aníbal.

-Dime, querido-acotó la mujer volviendo a sentarse.

- Me ha encantado tu visita pero…no regreses. No puedo soportar que me veas destruido. Además, pronto serás madre, este no es lugar para ti. Recuérdame como el joven que alguna vez conociste. Por favor, comprende…

-Prométeme que si precisas algo me lo harás saber-sollozó la mujer.

-Sin duda. Y según creo, en pocos días me pondrán a trabajar en enfermería. Piensan que puedo ser muy útil en ese sitio. Los días pasarán más rápido haciendo algo que me gusta.

-Esa gente sabe lo que hace, tendrán a uno de los mejores cardiólogos entre sus filas-sonrió la mujer.

-Señora, por favor, el horario de visita ha finalizado-anunció nuevamente el guardia.

-Adiós, Ani. Hasta la vista-susurró la mujer besando con dulzura una mano del recluso.

-Adiós, querida -reflexionó el hombre en silencio observando cómo se cerraba a puerta llevándose al último eslabón lo conectaba con el exterior.

Esa noche, Aníbal apoyó sobre un cajón el libro que estaba leyendo dejándose llevar una vez más por sus consecuentes reflexiones.

-Es increíble cómo puede cambiar la vida de una persona en horas, especialmente por las malas decisiones. Yo, el gran Doctor Aníbal León acusado por un crimen pasional. Expulsado de su empleo como un perro sarnoso -recordó el hombre la carta que le había llegado de la Emergencia solicitándole su desvinculación de la Empresa. Será mejor que el abogado actué también como mi apoderado y se haga cargo del dinero que obtenga por la venta de la parte que tengo en la empresa.

-Apeguen la luz-escuchó un grito acompañado de un golpeteo preveniente de otro pabellón.

-Por lo menos, mi abogado consiguió que me ubiquen solo, vaya a saber cómo lo logró, o el precio que debimos pagar. Pero no me importa, quiero estar lo más cómodo posible el tiempo que deba permanecer en este antro asqueroso-suspiró acomodándose de costado para intentar descansar.

Estaba casi dormido, cuando le pareció que alguien abría la reja y entraba sigilosamente a la celda.

-No puede ser-pensó recostándose sobre la almohada, ¿Quién entraría a esta hora? Apenas había agotado sus pensamientos cuando, una fuerte mano se aplastó contra su boca.

-No intentes hablar, hermoso-susurró el intruso dejando ver a través de la lejana luz a otro hombre con un filoso cuchillo. Todavía no te hemos bautizado, será mejor que te quedes quieto. Solo queremos divertirnos un rato, y mostrarte quien manda aquí.

Aníbal intentó inútilmente defenderse, al mismo tiempo que el hombre del arma le arrancaba sin miramientos los botones del pijama.

-Sería bueno que te vayas acostumbrando a nuestras visitas si quieres sobrevivir en este sitio. Ahora voy a soltarte porque preciso que tengas libre tu boca, pero trata de no hacer ningún ruido. O te quedarás sin lengua-comentó señalando el brillante puñal.

Había terminado de hablar cuando la puerta volvió a abrirse y dos enormes tipos entraron abruptamente, tirando contra la pared a los violentos visitantes. Recuperándose de la sorpresa, los delincuentes comenzaron a devolver los golpes, hasta que uno de ellos pegó un profundo grito y se agarró el rostro.

-Me cortaste –sollozó el herido secándose la sangre que le corría por el rostro.

-Tuviste suerte que no te abrí al medio como un pollo, o te arranqué "otras partes" .Sabes que te enterraríamos en la huerta y nadie preguntaría por ti-acotó el hombre que parecía llevar la delantera.Tendríamos una preciosa cosecha este año-añadió sacando una fuerte carcajada a su compinche.

-Malditos-susurró el compañero del herido.

-Váyanse y dejen a este hombre tranquilo, orden del Señor Antonio Spandonari. Y lamento que te hayas lastimado la cara con la azada rota, eso es lo que ocurrió si sabes lo que te conviene- ordenó guardando su arma.

Los atacantes de Aníbal le enviaron a este una mirada de odio, y sin hacer comentarios, se marcharon refunfuñando en voz baja.

-Salvaron mi vida-tartamudeó Aníbal asombrado de todo lo vivido en esa intensa hora. ¡No comprendo cómo los guardias no escucharon tremendo griterío! El ruido se debe haber sentido por todos lados, y ahora que lo pienso ni uno de los reclusos se asomó-susurró contemplando el silencioso patio mientras intentaba sostenerse el pantalón roto con una mano.

-Jjajajajaj .Bienvenido a la cárcel. Debes aprender a defenderte, Doc. Esta es una verdadera jungla de cemento. Sin embargo, has tenido suerte, el Señor Antonio Spandonari te ha tomado bajo su protección. Mañana pedirá que te trasladen al lado de su celda y ya nadie volverá a molestarte. .

-¿Quién esa persona? No la conozco-preguntó asombrado.

-A primera hora tendrás el gusto, es alguien muy importante .Descansa, estaremos vigilándote. Siempre, aunque no nos veas-acotó el hombre perdiéndose junto a su amigo entre los silenciosos patios.

-¿Y cuál es el nombre de ustedes? Parecen saber todo sobre mí, pero yo jamás los vi.

-Yo soy Tucho –respondió el que parecía ser el jefe y mi amigo es Buby.Ahora debemos continuar nuestra rutina. Hasta mañana.

-Hasta mañana-susurró todavía incrédulo de lo que había vivido Sin la oportuna participación de los hombres de ese tal Antonio Spandonari no sé qué habría sido de mí. Por suerte, mañana tendré oportunidad de agradecerle personalmente –bostezó intentando continuar su interrumpido descanso.

Aníbal se encontraba desayunando cuando vio pasar a su lado a los hombres que lo habían atacado.

-Ni me han mirado, parece que no supieran quien soy. Y si no fuera por la venda que lleva uno de ellos en su mejilla yo mismo pensaría que tuve una pesadilla. Ninguno de los presentes parecen haber notado nada de lo ocurrido -pensaba Aníbal tomando su café.

-En cuanto termines vienes con nosotros. El Señor Spandonari te está esperando-escuchó un susurro casi pegado a su oreja.

-Pero debo ir a la enfermería o me sancionarán –explicó Aníbal reconociendo a uno de los hombres que lo había defendido.

-No te preocupes, los guardias están informados. Avisarán al departamento médico que comenzarás mañana ya que no te sientes muy bien.

-Llevaré mi bandeja al mostrador y los sigo- asintió el incrédulo hombre. Tenía pensado ir en cuanto pudiera, quería agradecerle personalmente al Señor Spandoanri lo que hizo por mí. Al igual que a ustedes, por supuesto - agregó Aníbal haciendo una imperceptible inclinación de cabeza.

-Al Señor Spandonari le gustará saber que eres tan amable. Y a nosotros también nos satisface –asintió el llamado Tucho sonriendo a su amigo que se encontraba parado un poco más atrás.

-*"Ese hombre debe tener un cargo muy alto en esta penitenciaría, o no podría ser tan poderoso. Por increíble que parezca, todo este lío me ha hecho olvidar a Darío, aunque sea momentáneamente"*-reflexionaba Aníbal siguiendo a los hombres.

Luego de cruzar por varios pabellones, y un enorme huerto, sus nuevos amigos se detuvieron frente a la puerta de un enrejado galpón y dieron tres toques bien suaves.

-Señor Antonio, hemos llegado-exclamó Buby.

-Adelante –se escuchó una suave voz desde dentro de la extraña habitación.

-Ya escuchaste, pasa- indicó el mismo hombre abriendo la puerta.

-¿Ustedes no vienen conmigo?-titubeó el médico.

-Tenemos tareas que cumplir. Entra de una vez- insistió el tipo tratando contener la impaciencia.

Aníbal obedeció deteniéndose para acostumbrar sus ojos al potente foco de luz que invadía la habitación. Luego de pestañear unos segundos, distinguió a un hombre de ojos grises que lo observaba atentamente sentado detrás de una gastada mesa. A su lado, tenía lo que parecían ser otros dos guardas espaldas, que no hicieron ni un gesto al verlo entrar. Un poco más lejos, cubierta por un cuidado estuche transparente colgaba una túnica con unas borrosas manchas rosadas que parecía sangre vieja. El anfitrión tosió, sacando a Aníbal de sus pensamientos, y cuando estuvo seguro de haber llamado su atención, comenzó a hablarle.

-Al fin nos reencontramos después de veinte años. No me gusta quedar con deudas pendientes, pero por suerte, ayer logré pagarlas. Debo reconocer que me llamó la atención al enterarme que te habías comprometido con una lacra como era Darío, pero supongo que el amor no entiende de riesgos-comentó el hombre haciendo una mueca que parecía ser una sonrisa.

-¿Cómo sabes tanto de mí? No recuerdo haberte visto nunca-acotó Aníbal impresionado.

-Toma asiento, no me gusta conversar de esta forma, contigo mirándome desde arriba.

-Con permiso-asintió Aníbal acomodándose frente al hombre

-Hace doce años atrás, un médico recién egresado salvó la vida de mi padre desafiando la opinión de los demás profesionales-susurró el hombre. Papá llegó al Hospital con un presunto infarto y en cuanto escucharon quien era, nadie se preocupó por él, solo era un asesino infame. Hasta que un doctor novato, recordó la importancia del Juramento del Hipócrates y se dispuso atenderlo, sin importar su nombre ni lo que podía pasar a su carrera... Mi padre falleció hace cinco años. ¿Imaginas quién era ese médico?

-Ahora te recuerdo-asintió entrecerrando los ojos al mismo tiempo que observaba el plateado cabello del hombre. Hospital Curie, hacía poco había egresado cuando llegaste con Salvatore Spandonari.

-Tienes una memoria extraordinaria -confesó Antonio maravillado.

-Jamás olvidé tu nombre, quedé impresionado por el gánster de ojos tan temibles como los tuyos. Y como contraste, me impresionó el ruego silencioso de auxilio que parecía emitir.

-Así fue. Por varios años estuve al tanto de tu vida, hasta que motivos circunstanciales me obligaron a dejarte. Quedé atónito al leer tu nombre en el padrón de los ingresos carcelarios y especialmente, el motivo. Según recuerdo, en el momento que nos conocimos estabas casado.

-Así fue, pero hace unos meses conocí a Darío y comprendí que mi matrimonio había sido un error. De cualquier forma, no fue el único hombre que amé-confesó Aníbal arrepintiéndose en seguida de sus dichos.

- Entiendo –asintió este comprensivo. Apenas comprobé que no se trataba de otra persona, dispuse que mis hombres te vigilaran, sé lo que ocurre con los "nuevos"

-¿Revisas a todos lo que llegan?

-No tengo más remedio. Mi vida depende de
eso. Pero volviendo a lo nuestro quisiera que te
quedaras conmigo, me refiero a que seas mi
médico personal-aclaró al ver el gesto hosco del
hombre .Nada más, no pienses otra cosa.
-¿Por qué estás preso? ¿Y cómo tienes este
lugar privilegiado?-preguntó Aníbal sin
responder a los comentarios de Antonio.
-Vamos por parte. Digamos que tengo mis
contactos, y que cada tanto tiempo la policía me
investiga por delitos varios, que nunca
comprueban. Entonces salgo, y vuelvo a entrar.
En unas semanas me iré y quizá, todavía te
encuentres en este lugar cuando regrese.
-Eso es muy posible-afirmo Aníbal con tristeza.
-Veremos, entonces ¿aceptas? Por supuesto no
sería inconveniente para que trabajes varias
horas en la enfermería.
-Tendré que preguntar a mi nuevo jefe si me
autoriza-aclaró pensativo.
-Si estás de acuerdo, me encargaré de
avisarles-asintió rayando con indiferencia una
hoja en blanco.

Aníbal recorrió fugazmente la incólume mirada de los acompañantes de Antonio, y deteniendo sus ojos en el rostro del hombre asintió.

-Acepto. Tú cuidarás mis espaldas y yo tu salud. Creo que es un buen trato.

-Más de lo que imaginas –sonrió el hombre abiertamente por primera vez estirando su mano hacia el médico. Será un placer ser atendido por ti.

-*¿Me parece o este hombre me está cortejando?*-pensó Aníbal al sentir que Antonio parecía sostener su mano más de lo necesario.

Temer al amor es temer a la vida, y los que temen a la vida ya están medio muertos.

Bertrand Russell

<u>Capítulo XIV</u>

Rápidamente, Aníbal logró hacerse imprescindible no solo en la enfermería sino como médico oficial de los presos, quienes lo elegían en primer lugar cada vez que tenían alguna molestia.

-Aní, me torcí un dedo y está morado. Parece que se está infestando.

-Déjame ver-respondía con paciencia.

-Amigo, ¿me puedes echar una mirada al ojo derecho? Me arde desde anoche.

-Siéntate y déjame revisar-respondía sin importar la hora que fuera.

Su especialidad de cardiólogo fue quedando rezagada a medida que el hombre atendía a cada una de las personas que le pedían su ayuda sin importar que tipo de dolencia presentaran. Incluso, las autoridades del presidio, le habían concedido una vestimenta especial para que usara fuera del horario médico, el cual lo distinguía entre los demás presos.

-Lo trajo especialmente para ti la esposa de un recluso, parece que su marido mejoró notablemente de sus dolores estomacales gracias a unos medicamentos y dieta que le sugeriste.

-¿Debo suponer que me estoy transformando en el brujo del presidio?-bromeó Aníbal al Director de enfermería agradeciendo la nueva vestimenta.

-Eso parece-asintió este golpeándole la espalda. Te extrañaremos cuando te vayas.

-Falta mucho para eso. Me pongo mi nuevo uniforme y comienzo a trabajar –respondió melancólico.

-Me estoy poniendo celoso-solía bromear Antonio en las numerosas tardes que pasaban juntos conversando o jugando a la ajedrez, actividad que encantaba al hombre.

-¿Acaso es por la vestimenta?-acotaba el médico sabiendo que Antonio siempre recibía los mejores uniformes de la prisión.

-Más que nada por la atención. Se suponía que serías mi médico particular, no el de toda esta "gentuza" –respondía haciéndose el enojado.

-No es mi culpa, tú me hiciste famoso. Además, jamás estás enfermo, no sé para qué precisarías un médico para ti solo.

La mayoría de las veces, el hombre sonreía de forma indescifrable y continuaba conversando de otros temas.

-Y dime, me has contado sobre tu hija Leonor, pero casi no hablas de tu otro hijo…Ademar creo que es su nombre.

-Así es-respondió sin dejar de revisar el tablero de ajedrez. Lamentablemente no superó que su padre fuera Gay y desapareció hace unas cuantas semanas. En realidad, se mudó apenas cumplió dieciocho años y casi no volvimos a saber de él.

-¿Y tenía un trabajo, u oficio en particular?

-Nada. Él decía que "realizaba tareas varias" pero nunca especificó a que se refería puntualmente. Su hermana Leonor dice que es un vividor, pero tampoco hace demasiados comentarios, pensamos que para no disgustarnos. Empezó a venir por casa en forma esporádica y cuando me fui, ya casi nunca se veía.

-Vaya a saber –acotó Antonio sin dar mayor importancia al asunto. ¡Jaque mate! , gané el juego.

-Vaya, creo que quisiste distraerme para ganar la partida-refunfuñó Aníbal. Se hizo tarde, será mejor que me vaya descansar.

-Jaaaaaaa.No te enojes, te haré una extraordinaria invitación para compensar mi engaño.

-¿A qué te refieres?-preguntó este con curiosidad.

-Encargué para mañana una comida italiana riquísima, me gustará compartirla contigo.

-Pensé que me llevarías al "Arcadia "-se burló Aníbal. La invitación no es de acuerdo a mi nivel, pero acepto. Peor es nada.

-Tendremos tiempo del ir a la Arcadia cuando salgamos de aquí, te lo prometo. Mañana te enviaré ropa nueva, quiero que te arregles de acuerdo a las circunstancias.

-¿Debo tomarlo como una cita?-susurró arrepintiéndose enseguida de sus palabras.

-Tómalo como desees-susurró este mirándolo con los ojos brillantes.

-Nos vemos —respondió Aníbal sintiendo que su rostro se prendía fuego. Tienes una facilidad increíble para modificar mis palabras, soy como cera en tus manos.

-Me encantó escuchar eso de tu boca, más adelante veremos si es verdad-musitó seductor... Descansa, yo debo trabajar un poco más -asintió el hombre sentándose en su escritorio.

-¿Puedes responder a una pregunta?-acotó Aníbal con humildad.

-Lo intentaré –asintió Antonio apoyando sus lentes de leer sobre la mesa.

-¿Quién eres realmente para tener tantos privilegios?

-Algún día lo sabrás-respondió retomando su lectura .Ve a dormir, ya te dije que tengo cosas que terminar.

-De acuerdo. *¿Quién es este extraño hombre delante del cual todos se inclinan y que siempre parece conseguir lo que quiere?*-se preguntó Aníbal mientras caminaba a su cercana celda bajo el atento cuidado de dos de los hombres de su protector. *O lo que es más raro aún, ¿Quién es este hombre que con su presencia me está haciendo olvidar el intenso amor que sentí por Darío?*

Antonio se estaba arreglando para ir a desayunar cuando Buby le entregó una caja de cartón de forma alargada.

-Tu traje para la cena. Don Antonio te pide que seas puntual.

-¿Qué hago si no es mi talle?-preguntó mientras abría el papel.

-El jefe aseguró que lo era. Pruébatelo, vendré en una hora por las dudas.

-Seguramente sabrá qué hacer si me queda chico o grande.

-Antonio siempre tiene claro cómo actuar. Con permiso-se marchó el hombre sin decir más nada.

_-Me lo probaré, por una vez, desearía que no fueras tan perfecto, Antonio. Pero sé que es imposible –sacudió Aníbal la cabeza sintiéndose un poco más humano al sentir el contacto de la fina tela sobre su piel. Como imaginé, a mi medida -exclamó arreglándose el cuello de la camisa. ¡Si tuviera un chorrito de perfume Polo sería la velada ideal!-comentó pensando que nadie lo escuchaba.

Estaba sentado en la cafetería de la penitenciaría cuando otro de los guardias de Antonio le hizo un gesto desde un rincón pidiéndole que se acercara.

-Dime –titubeó pensando que se habría pospuesto la cena.

-Antonio te envía esto, y espera que sea de tu agrado-sonrió metiéndole un pequeño sobre en un bolsillo del uniforme... Espera a estar en tu celda para revisarlo-susurró desapareciendo rápidamente por el mismo desde donde había llegado.

-No puede ser lo que creo –susurró Aníbal dirigiéndose al baño para sacar el pequeño obsequio. Sí, lo es-suspiró aspirando el aroma del perfume añorado.

Eran las veinte horas cuando, Aníbal se presentó elegantemente ataviado en los aposentos de su amigo, en esta oportunidad escoltado por Tucho

-Espera un minuto –indicó este dejándolo en la habitación que Aníbal conocía tan bien mientras desaparecía por detrás de un ropero.

-Gracias-asintió notando que había quedado solo. Arreglándose nerviosamente la ropa, caminó unos pasos, pensando hacia donde conduciría ese extraño pasaje que había utilizado el hombre.

-El jefe te aguarda -lo sorprendió Tucho casi enseguida. Sígueme.

-Esto parece Alicia en el país de las maravillas, repleto de pasadizos secretos -comentó pensando que su acompañante no le habría prestado atención.

-Digamos que es algo así-acotó un elegante Antonio esperándolo unos metros más adelante.

Aníbal se detuvo sorprendido por la exquisitez con que habías sido preparado el desconocido cuarto, especialmente las velas que estaban al lado de las copas que lucía la mesa.

-Eres bien venido a mi "casa"-sonrió Antonio al ver el asombro en el rostro de su invitado.

¿Prefieres beber un trago de vino, o caminar por mi jardín particular?

-Quizá primero podamos dar un pequeño paseo para conocernos mejor, indiscutiblemente esto es una cita.

-¿Te molestaría si así fuera?-preguntó Antonio con timidez.

-La verdad…Me encanta la idea.

-Perfecto. Salgamos a tomar aire, la noche es maravillosa. Marcio, que traigan la cena en...aproximadamente una hora-ordenó Antonio a una especie de maître indicando a su visita que lo siguiera.

-Sí, Señor.

-¿Te dije que estás muy elegante? ¡Y hueles muy bien!-comentó Antonio volviendo su atención a la visita.

-También tú-respondió Aníbal caminando junto a su anfitrión como un colegial en su primer encuentro amoroso.

-No tanto como tú, pero… me encanta escuchar esos halagos de tus labios-susurró Antonio.

-Y por supuesto, gracias por todas tus atenciones-aprovechó a comentar el médico.

-Merecidas-respondió Spandonari escuetamente.

-¡Que belleza! Jamás imaginé que pudiera existir un sitio tan delicado en un lugar como este-silabeó Aníbal acariciando las rosas que adornaban el pequeño espacio verde.

-Muchas situaciones inesperadas florecen en lugares áridos como una prisión. Te sorprenderías si lo supieras-murmuró mirándolo fijo.

-Sin duda- -tragó Aníbal nervioso.

-Un amigo jardinero es el encargado de cuidarlo, sabe cómo amo las rosas-susurró arrancando una de ellas para entregársela a Antonio.

-Gracias, pero no tengo donde ubicarla.

-Te daré un jarrón cuando te vayas, así me tendrás siempre presente.

-¿Acaso piensas que no lo hago?-acotó Aníbal pensando en lo importante que se había vuelto el hombre para él en las últimas semanas. *"No debo perder de vista que soy un asesino, y Antonio también lo es. No importa como viva, es peligroso"*-trató infructuosamente de recordar.

-Te has quedado callado.

-¿Qué puedo decir? No logro explicar lo que está sucediendo. Hace unas semanas pensé estar profundamente enamorado, y ahora, me doy cuenta que otra vez me equivoqué. ¡Parece que siempre tomo decisiones erróneas! Lo lamento, no quise decir eso, es decir yo… ¡olvídalo!

.-Sentémonos en aquel banco y te contaré parte de mi vida, pero solo aquella que no te ponga en peligro-afirmó Antonio sin hacer ningún comentario a las palabras de su amigo.

-¿Cómo tu vida podría ponerme en peligro? A cada momento me intrigas más.

-Cálmate y escucha.Enseguida lo comprenderás.

-Está bien –asintió Aníbal intentado controlar su paciencia.

-Mi nombre es Antonio Spandonari, y nací en un pequeño pueblo del interior del país. Fui el primer hijo de un humilde matrimonio, hasta que mi padre comenzó a realizar negocios con gente de la capital y nuestra situación económica comenzó a mejorar .Al poco tiempo de "estas nuevas actividades" nos mudamos a la capital, donde nació mi otro hermano.

Lamentablemente, el pobre Andrés falleció a los cinco años de leucemia- se detuvo el hombre para tomar aire.

Mi madre decayó mucho con su fallecimiento, y esta situación acompañada de las frecuentes ausencias de mi padre, la llevaron a una muerte temprana. Nunca imaginé que papá sufriera tanto su pérdida, ¡parecía tan mundano! James volvió casarse ni se le conoció otra mujer formal. Siempre quiso que estudiara, así que cursé Ciencias Políticas en una universidad privada, y cuando terminé, me puso al frente de uno de sus negocios, para que comenzara conocer el ambiente con el cual se movía.

-¿Sabía que eras Gay en ese momento?-pregunté Aníbal con curiosidad.

-Nunca oculté mi orientación sexual, y quizá por eso todos me respetaban, incluso mi padre. Enfrentaba ferozmente a quien se burlaba de mí, sin duda, heredé el fiero carácter del viejo-sonrió Antonio. Muchos hombres pasaron por mi cama, pero ninguno llegó a significar nada para mí. Hasta que fui a una pequeña escuela barrial a realizar una donación y conocí a quien sería el amor de mi vida. Allí mismo, arrodillado en el suelo arreglándole a la moña a un lloroso niño, estaba mi Federico. Levantó la cabeza al sentir mi mirada y sonrió. Eso fue todo, seis meses después no casamos.

-¿Dónde está ahora?-preguntó Aníbal sintiendo que se ahogaba al ver los húmedos ojos de su anfitrión.

-Lo convencí para que se mudara el último piso de uno de los edificios más altos de la ciudad, lejos de la mansión donde yo trabajaba, para que nadie, salvo mis hombres de confianza nos asociara. Yo regresaba a casa prácticamente todas las tardes como cualquier trabajador, y pasábamos la noches juntos-se calló el hombre como si viajar en el tiempo hasta esos significativos momentos. Él quiso seguir trabajando en la escuela, por lo que tenía dos hombres permanentemente a su disposición, jamás debía quedar solo. Caprichosamente se hacía dejar a dos cuadras de la escuela, decía que si llegaba en limusina lo mirarían diferente. Y yo, deseoso de verlo feliz, accedí.

-Oh, Dios-exclamó Aníbal imaginando lo que vendría a continuación. No sigas si te hace daño.

-Quiero hacerlo, necesito hacerlo. Jamás volví hablar de este tema con nadie, me he sentido demasiado culpable para seguir mencionándolo. .Hasta que me crucé contigo.

-Me siento honrado por tu confianza.

-Uno de esos días, Federico caminaba como siempre hacia el colegio, cuando un oscuro vehículo se detuvo casi frente a él, y alguien comenzó dispararle   concienzudamente. Al ver lo que estaba ocurriendo, mis hombres devolvieron el ataque, y el coche de los asesinos se estrelló contra un muro de la propia escuela. Federico estuvo varios meses en coma, hasta que finalmente, yo mismo ordené que lo desconectaran. Tenía muerte cerebral. ¡Todavía puedo recordar las miradas de odio de la familia de mi esposo! Ellos le habían pedido reiteradamente que no se casara conmigo. Ni siquiera fueron a la boda.

-¿Encontraron al culpable?-preguntó Aníbal.

-Así fue. Increíblemente, no había sido una banda rival o alguien con quien yo tuviese problemas "de trabajo". El asesino fue un amante despechado, al que había dejado para casarme con Fede.

-Estará preso-titubeó Aníbal.

-No encontraron pruebas suficientes, era hijo de un tipo muy importante. Al tiempo apareció acribillado en una zanja, y su padre, no dijo ni un reclamo. La muerte de mi amado Fede quedo vengada, ¿pero de qué sirve, si no está conmigo? ¡Murió y solo tuvimos dos malditos años de felicidad!-rompió en sollozos.

-Imagino que la túnica que tienes colgada en la percha, cerca de tu cama, era la que utilizaba para trabajar.

-La última que llevó, todavía tiene su perfume pese a los años transcurridos Por eso no permito que nadie más que yo la toque -susurró Antonio tambaleándose.

-Cálmate por favor-lo abrazó Aníbal angustiado. La vida suelo tener sus momentos de burla.

-¡Yo lo asesiné por querer concederle todos sus caprichos!-rugió como león herido.

-De ningún modo, tú lo hiciste feliz. Te amaba, y tú a él. ¿Cuantos quisiéramos disfrutar esos momentos de felicidad, aunque sea por poco tiempo?-susurró Aníbal enfrentándolo.

Antonio dejó de hablar y pareció reflexionar esas palabras. La noche estaba silenciosa a esa hora, tan solo se escuchaba un coro de grillos que parecía dedicarle una serenata a la luna. Sin pensar, Antonio atrajo el rostro de su acompañante hacia el suyo y besó sus labios con delicadeza.

-No te traje para esto, aunque debo reconocer que siento una especial atracción por ti desde el momento en que volvimos a encontrarnos. Nunca me había pasado después de la muerte de mi esposo -susurró soltándolo inmediatamente.

-Hace tres meses pensaba casarme con otra persona, y hoy estoy aquí, contigo, en un presidio, sintiendo que mi corazón vuelve a vivir. Necesito tiempo para aclarar mis ideas. Me gustas, Spandonari. Y quizá podría amarte, pero, ¿tenemos futuro?

-No lo sé. Dejemos que la vida nos sorprenda- asintió el hombre recorriendo el rostro de su compañero con las yemas de los dedos.

Este asintió y sin previo aviso, devolvió el beso.

-La comida se enfriará, ¿qué tal si entramos?- comentó de pronto Antonio.

-Totalmente de acuerdo, mi estómago ha comenzado a gruñir de hambre-asintió el médico.

Una vez en su lecho, Aníbal se recostó a su almohada sin poder pegar un ojo. El temible gánster lo había besado apasionadamente al despedirlo, sin hacer ni un movimiento para intimar.

-Y yo tampoco intenté nada atrevido. Me hubiera gustado dormir con él esta noche, pero ¿estoy preparado?-se preguntó el hombre pareciendo escuchar las palabras de su anfitrión, *"Dejemos que la vida nos sorprenda"*

En ese momento, Antonio tomaba un wiski mirando por la ventana a las brillantes estrellas, mientras pensaba   en el nuevo despertar de su corazón.

-¿Tendré valor para amar otra vez? ¡Llevo una vida muy difícil, y quienes se me acerquen siempre correrán peligro!- recordó antes de dirigirse a su cama. Pese a esto, debo reconocer que me gustas, Doctor León, mucho más de lo que hubiera deseado. Pensé que mi alma había muerto con Federico, pero creo que no fue así-susurró observando como el viento nocturno movía con suavidad la túnica de su amado. Quizá ha llegado la hora de guardarla en el amoroso baúl de los recuerdos que vive en mi corazón, querido mío. Tal como a ti. Luego de decir estas palabras, Antonio quedó profundamente dormido.

"No ser amados es una simple desventura; la verdadera desgracia es no amar".
Albert Camus

<u>Capítulo XV</u>

Aníbal no hablaba mucho esa mañana en la enfermería .Aunque no quería reconocerlo, dos sentimientos contradictorias parecía oscilar permanentemente dentro de su corazón: Tristeza y felicidad al enterarse por boca del propio Antonio que el hombre saldría en pocos días de prisión.

-No debo hacerme ilusiones por sus promesas, en cuanto se aleje de este sitio, yo seré uno más en su vida. Ni siquiera llegamos a dormir juntos– pensaba el hombre recordando su último encuentro.

"-Haré todo lo posible por sacarte de aquí, y puedes estar seguro, que mientras yo no regrese, mis hombres te cuidarán como si estuviera presente. Eres un buen hombre, Aníbal, este lugar no es para ti.

-Me alegra que hayas logrado tu libertad ¿pero cómo me sacarás?-consultaba confundido.

-No hagas preguntas que no puedo responder. Confía en mí y ten paciencia. Volveré a buscarte -había dejado claro el hombre la noche anterior. Te amo, Aníbal, ya no puedo seguir negándomelo.

-¡Estoy tan asombrado! No conozco demasiado de ti, salvo que sales y entras de la cárcel como Perico por su casa. Y una vez aquí, tienes importantes privilegios.

-Cómo te dije, algún día sabrás quien soy- susurró besándolo suavemente. Aprovecha a pensar que pretendes para nosotros, si sientes algo por mí... Pero cualquiera sea tu decisión, puedes estar seguro de que, lucharé con uñas y dientes porque seas libre. Ahora te dejo, debo preparar mis cosas, jamás me dio tanto trabajo irme.

-Antonio-titubeo el médico.

-Dime –se detuvo este con un brillo especial en la mirada.

-Gracias por todo.

-Cuídate, nos veremos pronto-se marchó intentando ocultar su desilusión por no haber escuchado brotar de la boca de Aníbal las palabras que cambiarían definitivamente su vida."

-Veremos como sigue esta historia-susurró el medico deteniendo sus pensamientos al escuchar un terrible escándalo fuera de la enfermería.

-No salga nadie-exclamó un guardia asomándose. Hay una revuelta, quisieron asesinar a Spandonari y lo dejaron herido.

-¿Cómo está?-preguntó Aníbal fuera de sí.

-No lo sabemos, hay varios de los nuestros intentando rescatarlo-respondió el hombre.

- Prepararé todo para atenderlo, tráiganlo inmediatamente-insistió Aníbal.

-Imposible. Quedó tirado en el piso superior y todavía no hemos podido llegar hasta él.

-Ustedes no pueden llegar pero yo sí-exclamó el hombre tomando su maletín. Permiso-salió sin que el estupefacto policía atinara a detenerlo. ¡Aquí voy!-salió esquivando los silbidos de las balas.

-¡Vuelve aquí, tonto!-exclamó sin que Aníbal diera corte. ¡Morirás… junto con él!

-Será la mero muerte que pueda tener-rugó corriendo entre el interminable tiroteo.

El médico se encontraba protegido con una pared especulando la mejor forma de llegar hasta Antonio, cuando sintió que potentes manos lo tomaban por la espalda.

-Suéltame –gritó pegando un golpe al aire.

-Suerte que no acertaste con es manotón o estaría con mi ojo hinchado-susurró…...Imagino a dónde vas, está en la última celda de arriba. Sube la escalera sin miedo, te cubriré-aseguró Buby.

-De acuerdo-asintió Aníbal continuando su camino hasta encontrarse con Antonio, quien se encontraba con el torso ensangrentado, tirado en el suelo sobre unas desgastadas frazadas.

-¿Qué haces aquí?-preguntó fijando su mirada
en el médico.

-Estoy tomando un poco de aire- rezongó
sentándose al lado del hombre. Déjame
revisarte.

-Estás loco, pudieron haberte matado -asintió
este ordenando a su acompañante que saliera.

-Locura hubiera sido abandonarte y arriesgarme
a perderte. Así están las cosas ahora -exclamó
más tranquilo al ver que Antonio tenía lesiones
superficiales en el hombro derecho.

-Parece que no fue mucho-comentó el herido.

-Pudo ser peor, pero si salimos de esta, me
contarás todo sobre ti, quien eres realmente y
que haces aquí. No creo que intenten asesinarte
por ser el cartero de la prisión. ¡Hay muchas
cosas que no me cierran!-rezongó revisando el
resto del cuerpo de Antonio.

- No me hagas reír que me duele-carcajeó. Y
deja de tocarme, me das malas ideas.

-¡Todavía bromeas! ¡Esto trascendió todo lo
imaginable!-agregó escuchando los tiros y
golpes por todos lados.

-Te prometo, que en cuanto esto acabe te terminaré de narrarte la historia la de mi vida - susurró cerrando los ojos mientras profundos quejidos comenzaban a escapar de sus labios.

-¡Maldición!-exclamó Aníbal ocultando su rostro sobre el hombro de la víctima ¡No te atrevas a dejarme, ya tuve demasiadas pérdidas en mi vida!

El medico abrazó con fuerza a Antonio, y lo mantuvo apretado junto a su cuerpo, hasta que finalmente, el silencio regresó al recinto y varios enfermeros protegidos por guardias comenzaron a trasladar a los heridos hacia la enfermería.

-Doctor León y Spandonari -exclamó el primer agente que le había avisado al médico lo que estaba ocurriendo. ¡Pensé que los hallaría liquidados!

-No lo lograron- balbuceó Aníbal. Tenemos siete vidas como los gatos.

-Puedes estar seguro. ¡Enfermeros aquí!-gritó enseguida con todas su fuerzas.

-¿Dónde estoy? -preguntó Antonio apenas recobrar el conocimiento.

-En la enfermería-susurró Aníbal apretándole delicadamente una mano.

-Pensé que estaba en el cielo y un ángel me sostenía-susurró. Parece que sobreviví-agregó mojándose los labios con la lengua. ¡Agua, por favor!

-Vivirás. Y espero que esto te sirva para no regresar nunca más a este lugar-asintió el medico pasándole un cubo de hielo por los labios.

-Aunque quisiera, no podría La próxima vez que nos volvamos a ver será en mi casa, te estaré esperando. Tengo una promesa que cumplir -asintió enigmático.

-No te hagas muchas ilusiones al respecto, o serás demasiado viejo para recordarme. Ni siquiera me han dado la sentencia definitiva.

-Cómo te dije, mis hombres estará a tu lado hasta que salgas. Y ahora déjame dormir, estoy cansado.

-Son los medicamentos –comentó Aníbal. Te aviso que deberás quedarte dos días más, hasta que te encuentres totalmente repuesto.

-Mejor-acotó este cerrando los ojos.

-Realmente estás loco al querer quedarte en este infierno -afirmó Antonio pensando que el hombre ya no lo escuchaba.

-O enamorado-susurró con un hilo de voz.

Aníbal se hallaba en su celda cuando sintió los azules ojos de Antonio clavados sobre su cuerpo.

-¿Qué haces aquí?-saltó de su cama al ver al hombre parado junto a la puerta. ¡Deberías estar acostado!

-Y eso es lo que pienso hacer, pero contigo. Sígueme, mi cama es más grande.

El médico dudó un minuto, pero asintió al comprobar la mezcla de afecto y deseo en la mirada de Antonio.

-Está bien –asintió. Quien sabe cuándo volveré a disfrutar del placer de la carne otra vez.

-Espero no sea antes de que nos reencontremos -sonrió Antonio apoyándose en el hombre. Debes ayudarme, me cuesta caminar, me ha acompañado Tucho… pero no quiero que venga la cama con nosotros.

-Dios me libre -carcajeó Aníbal contemplando al enorme guardaespaldas parado un poco más lejos.

Antonio cerró la puerta de su habitación de una patada plegándose con pasión a los labios de su compañero.

-Te amo-alcanzó a susurrar mientras levantaba los brazos para que este le sacara la camiseta.

-También yo, al comprender que podía perderte pensé que me volvería loco-asintió acariciando la piel de su amante con delicadeza.

-Demuéstramelo-suspiró Antonio entrecerrando los ojos mientras se dirigían al lecho.

Con un rápido movimiento, Aníbal se arrancó su propia ropa, dejándose llevar por su apasionado compañero sin oponer resistencia

-Te amo muchísimo, pero debes saber que nuestra vida juntos no será fácil-advirtió Antonio conteniéndose.

-¿Acaso alguna vez lo fue para mí? ¡No te detengas! susurró Aníbal.

-Como digas, Señor-asintió retomando sus fogosas caricias.

Los rayos del sol entraban por las cortinas del cuarto, cuando el médico estiró su brazo al costado de la cama, y comprendió que estaba solo. El lugar de su amante estaba vacío, aunque sobre su almohada, descansaba una rosa junto con un pequeño papel. Aníbal tomó la misiva entre sus manos, esbozando una leve sonrisa al leer su contenido.

-*"Gracias por esta inolvidable noche Te amo y volveré por ti antes de lo que imaginas"* Antonio. Aníbal suspiró con nostalgia y apoyó la flor sobre su regazo .Por primera vez desde hacía mucho tiempo, se sentía tranquilo y confiado. Antonio no olvidaría su promesa.

Diez días después, Antonio no había dado señales de vida, y el médico comenzaba a pensar que había vuelto a equivocarse y su amante lo había olvidado.

-Ahora es libre, y quizá el romance con el médico del presidio quede guardado como una interesante anécdota-meditaba comenzando a trabajar. Un maravilloso sueño, que me hizo comprender, lo poco que conocía yo del amor. Y por ese breve momento, estaré eternamente agradecido.

-Oye, Doc. , tienes suerte- le habló un guardia sacándole de sus pensamientos. Tú caso se ha vuelto a abrir y en cuarenta y ocho horas estarás nuevamente frente al juez. Hay nuevas pruebas que seguramente, te pondrán en libertad.

-¿Estás seguro?-titubeó este temiendo que fuera un error.

-Por supuesto, no te lo diría si no lo supiera de buena fuente. Tú no estabas en casa cuando el tipo recibió el golpe que le causó la muerte.

-¿Quieres decir que alguien entró mientras en mi ausencia y lo remató?

-Exacto .La hora del fallecimiento fue entre las catorce y al quince, y alguien te vio en ese horario caminado por una plaza. No pudiste estar en dos lados a la vez.

-¿Pero quién fue y porque apareció ahora?-insistió un pensativo Aníbal. *"Quizá fue la mujer que paseaba con el perro, pero no creo, que siquiera se haya enterado de lo sucedido"*

-Puedes preguntárselo, vino a visitarte. Por eso estoy aquí, para que lo recibas y escuches de su propia boca lo que ya declaró -sonrió el policía.

-Todo esto es muy raro –no recuerdo haber visto a ningún conocido salvo a….se cortó cuando entró en la sala de visitas y se enfrentó a su antiguo amante.

-¿Rodrigo?-titubeó al ver al pálido hombre.

- Aníbal…Lamento haber demorado tanto, pero estaba de viaje-se excusó con amargura.

-No comprendo que haces aquí-reconoció el médico.

-Te vi en la plaza el día del asesinato, mi novio trabaja a dos cuadras y lo había ido a buscar temprano ya que al otro día salíamos de viaje. Estábamos caminando y casualmente levanté la mirada, cuando vi que te alejabas. Iba a saludarte, pero pensé que no sería buena idea.

-Seguramente a tu novio no le gustaría –admitió Aníbal.

- Eso pensé, le había hablado muy poco de ti. Regresamos ayer y me enteré casualmente de lo sucedido cuando llamé a felicitar a Malena por su embarazo Y por supuesto al escuchar los detalles vine volando.

-Gracias-sollozó Aníbal. También te vi, pero no quise perturbarte. Por eso preferí pegar la vuelta.

-Lo principal es que saldrás de aquí. Si estabas en la plaza en el instante en que fue asesinado no pudiste ser tú.

-Veremos. Pudo haber muerto como consecuencia de los golpes que yo le di, pero por lo menos tengo otra esperanza-asintió el médico con los ojos brillosos.

-No quiero ilusionarte, pero por lo que escuché hay otro detenido. Se entregó hace unas horas declarándose culpable. Narró todo lo ocurrido con lujo de detalles, hasta la posición en la cual dejó al fallecido.

-¿Quién puede ser?-preguntó Aníbal.

-Eso no lo sé, estaba declarando encerrado con el juez. Muy pronto te lo dirán.

-Disculpe, pero debe retirarse- comunicó un guarida a la visita. El Señor León debe venir a ver al juez.

-Te lo dije-susurró Rodrigo sonriendo. ¡Muy pronto este presido será un mal recuerdo!

-*Ni tanto*- recordó Aníbal la noche pasada con su amado mientras seguía al policía hasta un alejado despacho.

-Hace unas horas se entregó otra persona y parece que es el verdadero culpable. Lo lamento-abrió la puerta mirando al prisionero con tristeza.

-¿Porque lo lamentaría?-reflexionó Aníbal palideciendo al comprobar quien era el detenido.

-¿Ademar? ¿Qué broma es esta?-preguntó recorriendo con la vista a todos los presentes.

-Ninguna-afirmó el Juez .El Señor Ademar León confeso su autoría en el crimen de Darío Miele.

-Hijo, ¿Por qué haces esto? ¡No tienes que inculparte para obtener mi afecto!-gritó Aníbal emocionado.

-Perdóname, pero es la verdad. Yo asesiné a Darío-respiró hondo el joven antes de continuar con la declaración. Cuando tú lo conociste en aquel maldito viaje hacía muy poco tiempo que habíamos terminado.

-¿Quieres decir que tú y él…eran amantes?-tartamudeó el hombre sintiendo que el piso se movía bajo sus pies.

-Así es. Recordarás que yo pasaba horas en la plaza del barrio, bueno, estábamos juntos. Lo conocí por medio de Marité, la amiga de Leonor. Simpatizamos en seguida y yo le conté todo lo que sucedía en casa y mi deseo de alejarme si consiguiera un empleo. Me llevó con su "agente", un tal Pipo. Y comencé a vender "merca" a clientes seleccionados. Al principio, el tipo nos daba la dirección y nosotros hacíamos las entregas. Intenté negarme, pero Darío me convenció que era para mejorar económicamente y huir juntos. Resumiendo: se gastó todo el dinero de Pipo y el tipo comenzó a buscarnos. Por eso desaparecía por días, semanas incluso, no quería comprometerlos. Discutimos y decidimos terminar la relación, cosa que a Darío no le cayó en gracia. Luego supe que había ido con su hermana a un viaje de fin de curso con la idea de aquietar las aguas y regresó encantado porque había conocido a un "prestamista" que le pagariá todas las deudas.

-Ese estúpido era yo…

- El imbécil tuvo la desfachatez de mostrarme las fotos contigo, ¡sabía que eras mi padre, siempre lo supo y no le importó! Luego le regalaste una alianza de oro y con lo que obtuvo pagó todas sus deudas. Cuando me enteré que estabas de viaje fui a conversar con él, ignoraba que habías regresado antes de lo previsto. ¡Estaba tirado en el suelo lastimado, y aun así, hizo alarde de habernos engatusado! Yo estaba tan drogado, que perdí el control y lo golpeé hasta matarlo. Tuve miedo y decidí desaparecer definitivamente, pero un desconocido me ubicó, y quiso convencerme para que me entregara, incluso me ofreció protección. Yo estaba aterrorizado, sabía que Pipo me estaba buscando para matarme por las deudas que no había podido cubrir. Incluso intenté huir de ese hombre pensando que era un enviado del mercader que me quería llevar a su guarida. No tuvo más remedio que declararse tu amigo para hacerme comprender que tú eras un hombre bueno y no tenías porque que pagar por mis culpas.

-Debiste recurrir a mí, te hubiera dado el dinero para que salieras de ese mundo de mierda.

 -Una vez que entras a ese ambiente se te hace difícil salir, te mantienen atado por deudas y compromisos inexistentes -intervino el juez. Los engañan con dinero fácil y drogas gratuitas, y quedan atados de por vida.

-¿Qué sucederá con mi hijo?-sollozó Aníbal.

-Entrará a un plan de protección de testigos. Como él dijo, es un adicto y debe ser atendido. Su enfermedad no lo deja pensar con claridad, o sea que no fue "realmente culpable de su conducta" Y aceptaremos su confesión sobre la famosa banda del "Pipo" para disminuir su condena.

-¿Recuerdas cómo era la persona que te convenció para entregarte?-preguntó Aníbal a su hijo.

-No lo sé. En realidad, fui sorprendido por dos hombres que me taparon los ojos. Terminé sentado en un vehículo, escuchando al misterioso hombre afirmando que estaba para ayudarme. Hablaba con voz pastosa y lenta, asegurándome que tarde o temprano Pipo me hallaría. Al fin, logró persuadirme para que me entregara.

-¡Es increíble todo lo que hemos tenido que soportar desde que conocimos al maldito Darío!- vociferó Aníbal apretando los puños.

-Fue mi culpa, debí haberte dicho quién era él realmente.

-Estaba demasiado ciego, jamás te habría creído. Pero debiste decirme que eras Gay. Aunque yo no fue el mejor ejemplo.

-Deja de culparte, y en realidad, soy bi –confesó el joven.

-Ademar-se escuchó gritó Malena desde la puerta.

-Mama, perdóname –sollozó el chico al ver a su madre junto a su hermana. ¡Fui un verdadero inconsciente, pero no quise causar todo este dolor!

-Lo sé, querido-asintió la mujer tomándolo entre sus brazos. ¡Tranquilízate!

-Hemos terminado- afirmó el juez. Le tomaremos una nueva declaración a Ademar León y será llevado a una clínica especializada ubicada en el interior del país .Allí cumplirá su condena y en cuanto salga, comenzará a realizar tareas comunitarias en una chacra especial para estos casos. ¡Tienes un largo camino que recorrer, muchacho!

-¿Podremos visitarlo?-preguntó Malena.

-Eso lo arreglarán con el Director de la Clínica. Pero creo que al comienzo será imposible por el tratamiento, además no queremos que nadie sepa el sitio donde se encuentra. Su vida correría peligro, las bandas de narcotraficantes salen tener tentáculos muy largos. Por supuesto, recibirá protección especial. El Doctor León quedará libre en las próximas horas.

-Algo más, ¿Qué sería de mí si no se hubieran encontrado testigos?-preguntó Aníbal.

-Hubiera demorado más en salir, pero lo habría logrado. Jamás dejamos de investigar, habían demasiados cabos sueltos. Pero no puedo hacer más comentarios, lamentablemente, hay gente de nuestras filas implicadas en el caso. Si lo desea, es libre de hacer los reclamos judiciales que crea pertinentes.

-Solo quiero dejar atrás este tema y comenzar de nuevo. Y por supuesto recuperar a mi hijo-asintió besando a Ademar antes de marcharse.

-¿Qué harás ahora?-preguntó Malena. Sabes que puedes contar con nosotros.

-Gracias, querida. Pero tú debes ocuparte de tu familia especialmente de una pequeña que llegará muy pronto a este loco mundo. Y yo debo visitar a un querido amigo que me debe estar esperando. Justo entra Daniel, lo saludo y voy a preparar mis cosas. ¡No veo la hora de salir de aquí!

-Ani-exclamó la mujer repentinamente.

-Si-preguntó el hombre comenzando a firmar
unos papeles que habilitaban su salida.
-De una vez por todas, sé feliz, lo mereces.
-Eso procuraré. Avísame cuando nazca Patricia-
asintió retomando su tarea.

-

"Amar no es solamente querer, es sobre todo comprender".
Françoise Sagan

Epílogo

Aníbal salió a la calle y cerrando los ojos respiró con fuerza, como si quisiera absorber todo el aire de la ciudad.

-¡Al fin libre!-gritó al viento sin escuchar el vehículo que se detenía contra el cordón.

-Señor León, venga por aquí-lo llamó un elegante hombre esperándolo parado junto a una limusina.

-Perdón, ¿usted quién es?-preguntó apoyando su mochila en el suelo.

-Me envía Antonio Spandonari. Lo está esperando.

-¿Cómo se enteró que saldría ahora?-comentó pensando en lo tonta que parecería su pregunta.

-En cuanto se encuentren, el jefe responderá le aclarará todas sus dudas - insistió indicándole que entrara al asiento trasero del vehículo. Tomando nuevamente su bolsa, Aníbal se acomodó en el vehículo, y se dejó, conducir en presencia de su antiguo amante.

-Espero no sea una especie de trampa de ese tal Pipo para que Ademar no hable, aunque a esta hora ya debe haber testificado contra todos esos delincuentes -intentó tranquilizarse el médico preocupado por su falta de precaución al subir a un coche desconocido. *Ahora es demasiado tarde,no puedo hacer nada*-admitió apoyando su cabeza contra el respaldo.

-Hemos llegado, se durmió casi todo el viaje -
sonrió el chofer deteniéndose frente a un
enorme portón cubierto de enredaderas.
-¡Vaya casa! Sin duda Antonio debe ser alguien
con mucho dinero y poder-musitó contemplando
a los guardias que hicieron un gesto para que el
coche siguiera.
Apenas descender del vehículo, fue invitado a
pasar en lo que parecía ser un enrome living con
amplios ventanales que daban hacia diversos
espacios verdes
-"Hay guardaespaldas por todos lados"-susurró
Aníbal contemplando por los vidrios.
-¡Antonio, querido mío, al fin estas a mi lado!-
exclamó el emocionado dueño de casa
caminando apurado hacia Aníbal.
-Antonio-sollozó el aludido abrazándose con su
amante.
-Te extrañe muchísimo, pero como
prometiste,ya no volveremos a separarnos-
respondió este.

-También te extrañé-lo besó sin poder contenerse .Pero nos debemos una conversación.

-No lo olvidé - asintió el hombre conduciendo a su amante hasta un fino sofá. Pregunta lo que desees.

-¿Quién eres en verdad, Antonio Spandonari?

-Desde hace unos años, soy el Agente especial Renzo Saroni. Antonio Spandonari es mi nombre anterior.

- Entonces, ¿todo lo que me contaste es mentira?-balbuceó Antonio.

-No. Es ese es mi nombre verdadero, el que utilicé hasta que mi marido fue asesinado. A partir de ese momento decidí vengarme y, justamente, la persona que era en ese momento el Jefe Máximo de la Oficina Internacional de Narcóticos me ofreció trabajar para ellos. Hace mucho me tenían en la mira, había importantes pruebas que me llevarían a la cárcel durante el resto de mi vida, pero esperaban la oportunidad de hablar conmigo y convencerme de que cambiara de bando. La muerte de Federico les brindó la ocasión esperada; sabían por agentes mezclados en el grupo que estaba cansado de tanta mugre y me convencieron de que la mejor forma de honrar su memoria era destruyendo a estas malditos mercaderes que había comenzado a repudiar. No solo fui su "soplón", sino que decidí enrolarme como agente efectivo. Para no levantar sospechas, cada tanto me encarcelaban con la excusa de investigarme. Pero eso terminó anticipadamente, alguien se enteró de mi encubierto e intentaron matarme.

-O sea que ya no volverás a prisión. ¿Quiénes son los hombres que están contigo?

-Oficiales especiales, salvo Buby y Tucho que quisieron seguirme-confesó el hombre.

-No sé qué decir, todo esto supera mi mayor fantasía.

-Sé que es difícil de aceptar, pero te amo y deseo que te quedes conmigo. Tú decidirás.

-Algo más- susurró Aníbal con miedo a saber la verdad. El hombre que convenció a mi hijo para que se entregara…

-Fui yo-confesó Renzo. Descubrí que había pruebas suficientes para encerrarlo por largo tiempo, y decidí encontrarlo primero. Quise darle la oportunidad de redimirse.

-¿No crees que pudiste hablar conmigo primero?

-¿Sobre qué era una gente encubierto? ¿Sobre qué debía arrestar a tu hijo? La operación entera corría peligro.

-Vives en un mundo de mentiras y no sé si quiero estar en él. Me engañaste a mí, ahora a mi hijo, nunca sabré cuando dices la verdad-deliberó Antonio como estuviera solo. Lo siento, no estoy seguro de que esto me guste. Mi existencia entera ha sido una farsa, es hora de que sea libre. Y a tu lado, no podría.

-Te comprendo y no voy a retenerte, puedes irte cuando quieras-respondió Antonio encendiendo un cigarrillo.

-Gracias-asintió Aníbal sintiendo una profunda opresión en el pecho. Fue un error venir. Adiós Antonio o Renzo-se despidió tomando su mochila.

-Soy Renzo, y recuerda que te amo. Si deseas regresar, aquí estaré-asintió indicando a uno de sus hombres que fuera con su amante hasta la salida.

-Cuida de mi hijo tal como prometiste-respondió Aníbal mirando a Renzo por encima del hombro.

-Puedes estar seguro que así lo haré-asintió conteniendo las lágrimas que se aprisionaban en su pecho.

La pequeña Patricia cumplía seis meses y Aníbal había sido invitado a la íntima reunión, donde toda la familia estaría presente.

-Dime, pa ¿entonces estás trabajando en el Sanatorio Maternal del Sur? -preguntó Ademar que había salido transitoriamente para la ocasión.

-Así es. Me han ofrecido la dirección, pero veré que hago. No tengo claro mi futuro-titubeó el hombre.

-Claro, es mucha responsabilidad .Bien, debo darles una importante noticia, creo que se sorprenderán-golpeó el joven sus palmas para llamar la atención de los presentes.

-Sabía que estabas extraño desde que te vi-sonrió Leonor meciendo a su hermana entre sus brazos

-Como todos saben, desde hace dos meses fui trasladado de la clínica a otra Institución en la cual no han podido visitarme. Y eso tiene un motivo-acotó el joven callándose para crear expectativa

-Continúa, caramba –exclamó Malena. ¡No te hagas desear!

-Estoy estudiando y preparándome para una tarea muy loable y fascinante, quizá un poco peligrosa. Recién he comenzado, pero según comentan mis superiores, voy muy bien.

-¿A qué te refieres?-insistió Leonor.

-Entré al cuerpo policial, y muy pronto, daré un examen para continuar en el Servicio de Inteligencia. Deseo luchar contra el narcotráfico y la prostitución e intentar salvar vidas perdidas, como la de Darío, que en definitiva, fue una víctima más de la corrupción.

-Estoy tan orgulloso de ti, aunque debo confesar que me da miedito perderte -titubeó Aníbal abrazándolo.

-Por cierto, tu amigo Renzo es mi tutor y mi inspiración, yo diría que "Mi ángel Guardián" .Deberías agradecérselo, es a él que debo mi recuperación y mi vida. Si no me hubiera encontrado, probablemente estaría muerto.

-"Cumplió su promesa y no lo abandonó" ¿Cómo sabes que es mi amigo?

-Me lo informó en cuanto tuvo oportunidad, y lo repite constantemente. ¡Es una pesadilla!-sonrió Ademar.

-Intenté ubicarlo en reiteradas oportunidades y nunca me devolvió el llamado-acotó el hombre con tristeza. Discutimos la última vez que nos vimos, creo que no me perdonó-comentó recordando las innumerables veces que había tratado de disculparse con el hombre que amaba.

-Estuvo en una misión en el extranjero, seguro no tenía ni su celular. Pero tendrán ocasión de conversar ahora mismo, allí viene -señaló Ademar la entrada.

-¿Antonio…digo Renzo aquí?

-Te dije que se había convertido en alguien muy especial para mí, además supo que tu estarías invitado y quería explicarte el motivo de su silencio .Encontró todas tus llamadas a su regreso de, ¿Brasil?-susurró Ademar haciéndose el pensativo.

Antonio observó acercase al hombre con el pelo violeta y un brazo enyesado y sacudió la cabeza sonriendo.

-"*Algunas cosas nunca cambian*". No preciso preguntarte cómo estás –afirmó cuando quedó frente a su antiguo amante.

-Gajes del oficio- -saludo este tímidamente .Llegué hoy temprano y escuché tus mensajes. También te sigo amando -respondió mientras el resto de la familia se alejaba discretamente.

-Yo… ¡Siento todo lo que te dije, pero estaba tan enojado, tan dolido!-tartamudeó Aníbal rompiendo en llanto.

-Ven aquí-sonrió Antonio tomándolo con su brazo sano. ¡Has perdido mucho peso, puedo contar cada uno de tus huesos!

-Estuve muy amargado, por un lado quería regresar como un loco a tu lado por otro…Ni siquiera intentaste retenerme cuando me fui de tu casa.

-Comprendí que necesitabas tiempo a solas para pensar ,no es fácil asimilar todo lo que te tocó en suerte.

-Y todavía un novio loco, con varias personalidades, o nombres…

- Es cierto, pero eres médico, creo que podrás soportarlo.

-¿Eso significa que…deseas probar una relación conmigo?

-No deseo probar nada-afirmó continuando enseguida al ver la desilusión en el rostro de su amante. Quiero casarme contigo. Y aprovecharé a pedírtelo delante de todas estas personas que tanto significan para ti.

-Acepto-asintió el médico. ¡Nada deseo más en este mundo!

-Reitero: No será fácil-le advirtió Renzo. A veces desapareceré, otras cambiaré mi color de pelo, y algunas podrán herirme.

-¿Quieres casarte conmigo o intentas desmotivarme?-rezongó Aníbal haciéndose el enojado.

-¿Tu qué crees?-susurró el agente.

-Además te vendrá bien tener cerca un doctor, ya veo que esto de las lesiones puede ser habitual.

-Vaya médico tendré a mi lado, delgado y macilento como si tuviera un pie en el cajón.

-Creo que te comenté de quien es la culpa – susurró Aníbal caminando de la mano de su prometido hacia donde la familia se preparaba para cortar la torta.

-Debiste confiar en mí—advirtió Antonio.

-Es verdad. ¡No volverá a ocurrir!

-Y ahora todavía tengo a tu hijo como discípulo. ¡Esto será insoportable! ¡Dos Leones juntos!

-Jjajajajaajajja-carcajeó Antonio deteniéndose para besar al hombre bajo el sol de esa inolvidable tarde veraniega, mientras escuchaban los aplausos y gritos de sus seres queridos.

-Será mejor dejar esto para más tarde-balbuceó Renzo enrojeciendo.

-¿Tú celda o la mía?-bromeó Aníbal retomando el camino.

Había sido un largo camino, pero era libre para ser feliz como todos los seres humanos se merecen. Y nunca más volvería a ocultarse, el amor caminaba su lado y sería su mejor aliado.

-¿Que pasa por tu mente que estás tan callado?-preguntó Renzo.

-Pienso en ti, en nosotros, en el futuro, en la felicidad junto a las personas que amamos, ¿acaso hay algo más importante?

-No-concordó este sellándole la boca con un beso.

FIN

"La verdad os hará libres"

Juan 8:32.

Índice

VISITA MI PÁGINA Y LEE MIS TEXTOS